聽雨水雲間

听雨轩诗词集

陆书通 著

中国文联出版社

图书在版编目（CIP）数据
听雨水云间 ：听雨轩诗词选集 / 陆书通著 .
北京 ：中国文联出版社，2024. 12. -- ISBN 978-7
-5190-5703-9
Ⅰ . I227
中国国家版本馆 CIP 数据核字第 2024JM2196 号

著　　者　陆书通
责任编辑　王　萌
责任校对　秀点校对
封面设计　张　凯

出版发行　中国文联出版社有限公司
社　　址　北京市朝阳区农展馆南里 10 号　　　邮编　100125
电　　话　010-85923025（发行部）　010-85923091（总编室）
经　　销　全国新华书店等
印　　刷　天津和萱印刷有限公司

开　　本　710 毫米 × 1000 毫米　　1/16
印　　张　27
字　　数　270 千字
版　　次　2024 年 12 月第 1 版第 1 次印刷
定　　价　80.00 元

自　序

背着诗囊去远方

一

小时候，在西乡老家总能望见那充满神奇色彩，如诗如画的地平线。

清晨，当啼鸟叽叽喳喳地叫个不停，睁开惺忪的双眼，东方的天边一轮红日喷薄而出，耳际响起晨风吹拂的声音，好似远方大海上飘来的依旧涛声，视野里的地平线在那遥远的东方。

傍晚，圆滚滚的夕阳像个大火球，映红了半边天，晚霞就像从地面上升腾的巨焰，把天地熔化在一起，远处的树丛渐渐变成了巨大的帷幔，慢慢地遮住了天边夕阳的余晖，地平线消失在遥不可及的西山脚下。

在一个阳光灿烂的日子里，碧空如洗，万里无云，远远地向南望去，虽然间隔几十华里的距离，仍可以隐隐约约地看见坐落在长江彼岸的孤山，青青的，尖尖的，像镶嵌在南方地平线上的一枚碧螺。

平日，只要不是雨雾天，站在高墩上向东南方向望去，就能看到宝庆寺遗存的大柏树和江安中学的大礼堂，高高地矗立在天地交融处。

走在开阔田间的阡陌上可以望见地平线，立在拉马河边的高岸上可以望见地平线，站在自家小屋门前的板凳上也可以望见地平线……

那时，地平线距离自己是那么远，却又那么近，那么神秘，那么令人向往。

长大以后才知道，地平线古人叫它天涯，它是天与地的交接线。是从地面上一点所看到的形成地球表面部分的界线的圆周。

有地平线的地方一定是个辽阔的地方，天有多广，地有多阔，地平线就有多绵长……

地平线在天地的尽头，是梦想的终点。人们常说向着地平线延伸的方向奔跑的人，一定是胸怀梦想的人。

诗人汪国真说：我不去想是否能够成功 / 既然选择了远方 / 便只顾风雨兼程 / 我不去想能否赢得爱情 / 既然钟情于玫瑰 / 就勇敢地吐露真诚 / 我不去想身后会不会袭来寒风冷雨 / 既然目标是地平线 / 留给世界的只能是背影 / 我不去想未来是平坦还是泥泞 / 只要热爱生命 / 一切，都在意料之中（《热爱生命》）

作家贾平凹也说过，永远去追求地平线，去解这个谜，人生就充满了新鲜、乐趣和奋斗的无穷无尽的精力。

我自幼就和无数文学青年一样，对文学情有独钟，在心底深处埋下了文学的种子，怀有文学的梦想。对远方的地平线充满好奇和向往，多少次梦想过背起行囊，带上心爱的姑娘，沿着蜿蜒曲折的乡间小道狂奔，直至消失在家人依依不舍的视线里，消失在心仪的地平线上，野泊于水云之间，去寻找真正属于自己的快乐家园——诗和远方。

二

直到几十年后，退隐归田才真正重拾旧梦，背起诗囊云游四方，用诗的语言记录所见所闻，抒发情感，吟咏梦想。

近十年来，我每年都要花一到两个月的时间旅游，从东海之滨到青藏高原，从漠河的神州北极到三亚的天涯海角，足迹几乎布满祖国的山山水水，诗情几乎洒遍祖国的四面八方。

在一个“几处新蝉柳下听”的初夏，我踏上世界屋脊——青藏高原。客居一家民宿，吹拂着初夏清凉的晨风，斜倚栏杆，赏一庭霓影，听半城飞絮，遥望着藏区著名雪山南迦巴瓦峰。它是西藏最古老的佛教“雍仲本教”的圣地，有“西藏众山之父”之称。其巨大的三角形峰体终年积雪，云雾缭绕，从不轻易露出真面目。它若隐若现，一会儿融入青色的天空，一会儿融入白色的云朵，神秘莫测，据说有游客先后去过七、八次都未能看见它神圣的真面目。就在我若有所思之际，一道金光掠过峰顶，南迦巴瓦峰终于抹去一脸的羞涩，露出了它那神圣而灿烂的容颜，雪域高原就是这样充满神秘和禅意！正是“日照冰峰泛宝光，时无时有霭中藏。圣灵遗世凡尘外，仙气飘飘天一方”。

黄河是中华民族的母亲河，承载着华夏文明历史和峥嵘岁月。我游览过黄河沿岸的不少景点，所到之处无不被古朴沧桑的雄浑画卷震撼，写下了一组七律《黄河十八拍》，其中壶口瀑布的壮阔场景至今还常常梦萦魂绕，“弯弯九曲向东流，大浪滔滔壶口收。十里龙腾分朔野，千钧虎啸裂高丘。跖空雨雾灵奇梦，出水霓虹蜃景楼。秦晋迢迢飞瀑在，余音袅袅到江洲”。

一路快游一路歌。祖国的大好山川激发了我的诗情，诗囊中竟装有700余首“九州览胜”的诗篇。

与此同时，我还尽可能走出国门，去游览异域风光，领略异国他乡的风土人情，让诗囊更加丰富，更加多样。

我曾在东非肯尼亚的马赛马拉大草原观光，这是非洲顶级的稀树草原，占地1800平方公里，著名电视节目《动物世界》中的许多镜头都是在这里拍摄的。草原上狮子、猎豹、大象、长颈鹿、斑马等野生动物比比皆是。在这里，草原日出、日落的仙境般的美妙，可以使久居都市的现代人忘却一切压力和烦恼，完全融入奇妙的原始文化和大自然中，感受一种回归的轻松与快乐。我用一首七律记下了这美好的时光“无垠大地草茫茫，稀树萧萧仍郁苍。浊水奔流生野势，黑山横卧现洪荒。气凝风静流灵火，虎啸狮咆争霸王。犹记屏前闲况味，安知缘梦在离乡”。

我也曾在某年的冬日，北上俄罗斯远东地区的哈巴罗夫斯克（伯力）旅游，它位于黑龙江、乌苏里江和阿穆尔河的汇合处，这里银装素裹，满眼雪白，是一片纯净的世界。临窗眺望，地平线上天地一色，游人能够在原生态的氛围里感受到极致的冬景。可惜的是伯力曾经是我国大好山河的一部分，地理位置十分重要。清咸丰八年（1858），沙皇俄国派兵入侵伯力。2 年后，根据沙俄强迫清政府签订的不平等条约《中俄北京条约》伯力及乌苏里江以东至日本海的广大地区割让给沙俄。此后，沙俄改伯力为哈巴罗夫斯克。我写了首七绝《过伯力》："杏月依然残雪稠，远东伯力冷飕飕。行中犹忆清前迹，不禁缄情泪水流"，抒发了自己的爱国情怀。

我在异国他乡旅游，每到一处都要用一首小诗记下自己的所见所闻所思所想，细数一下描写"异域风情"的诗也有近 200 首，这在出境旅行的游客中是鲜见的。

三

我的家乡坐落在富庶的长江三角洲，多年来，对故土的人事、风物多有感触和感悟。我在背起诗囊奔向远方的地平线的同时，也让自己的心灵和诗绪在江左大地上驰骋，用一首首小诗吟唱身边的世事百态，发出萦耳悦心的"江左清音"，计 800 余首，赢得诗友的点赞和好评。

西乡是一个古老而充满活力的地方，我每每踏上这片热土，欣赏一幢幢农家别墅，细品田野里散发出来的芳香，总能勾起我无穷无尽的乡愁……

记得生我养我的西乡曾是典型的高沙土地貌。当地曾长期流传一首民谣:“高沙土，龟背驼，下的雨水四边流，三天没雨飞沙走，种的庄稼望天收。风调雨顺半年粮，大灾之年闹饥荒，农民拿根讨饭棒，拖儿带女去流浪。”20世纪70年代，家乡县委提出“一年削平高沙土，二年实现旱改水，三年建成大寨县”的口号，组织发动30万左右民工会战高沙。广大干群鼓足干劲，夜以继日，大干快上。经过日夜奋战，削平高沙龟背田近35万亩，疏浚河道400余条，建电灌站400余座，建成高产稳产农田49.46万亩，使千年高沙之乡的面貌为之一新。家乡战高沙的壮举是一笔丰富的精神遗产，对今天的改革开放发展仍有现实意义。故追忆咏之“雄师卅万战沙丘，欲把贫冈变沃畴。车载长峦三百里，担挑大象九千头。征晨鸡唱东方白，归晚星垂乡野幽。冬去春来天地转，皋田放眼尽芳洲”。我用短短五十六字记下了那波澜壮阔的历史画卷和激情燃烧的峥嵘岁月。

西乡的风土人情和沧海桑田，给我吟唱“江左清音”提供源源不断原汁原味的素材，先后写下了《西乡秋居》《西乡田园诗》《三秋竹枝词》《故园忆事》等系列组诗，从不同维度展现了西乡风貌。一位在北京工作的老乡网友在读了《故园忆事》后评论道:“如珠精美诗文，浓浓乡土气息。读来既感质朴，又觉淳厚。这是一代人的美好记忆，我也听过，见过，经历过，回忆过，谈论过。欣赏诗作，倍感亲切。为老乡点赞。”

南通是我的第二故乡，大学毕业后一直在这座美丽的江滨之城工作和生活。风风雨雨几十年，尤其是退休以后，又经历了三年抗疫，有道不完的故人故事，吟不尽的情结情缘。这些我都在组诗《月下漫吟》《归田歌》，以及几组杂诗中有所涉及。

四

《尚书·舜典》云："诗言志，歌永言，声依永，律和声。"我是一个古诗词的爱好者和践行者，入门比较晚，起步比较迟，要达到这种境界还有很长的路要走。但如何写出好诗，一直是自己不断进取的目标。

让我走进我的诗词，是我写诗的一种态度。打开诗囊，许多诗都是以第一人称写的。我在游云台山茱萸峰时，踏着千阶的云梯栈道登上海拔 1297.6 米的峰顶，极目远眺，群山连绵，黄河如带，风涌云动，美如画卷，不禁有吟"鹏风扶我上山巅，满腹吟情动月弦。回首千峰人已醉，诗行留在白云边"。

在《春江两岸泼芳华》组诗中，有一首写牛首山的"细细杏花风，春山一望空。桃溪鸣鸟脆，石径落霞红。碧水环前苑，鲜香萦佛宫。焉愁归路晚，明月照西东"。诗词是我写的，写什么？写我的事、我的情、我对世界的认知。"吾听风雨，吾览江山。"无论我在诗内还是在诗外，诗仍代表我的形象。诗只有写我，才能让读者发现我，也能使诗更具有真实感和亲和力。

重描写轻叙述，使诗富有画面感、现场感和实物感是我写诗的常用手法。

描是描绘，写是摹写。描写就是把人物或景物的状态具体形象地描绘出来，从而再现自然景色、事物状态，描绘人物的形貌及内心世界，使人物活动的环境具体化。而叙述主要是展开情节，交代人物活动和事件经过。这两种表现手法在诗词中多有运用，我更倾向于描写的手法。《洱海泊舟》是《诗花飞到彩云南》的组诗中的一首"今生初试海天游，且向晴川放叶舟。连浪风吹花更白，疏云鸥逐影弥悠。玷苍墨泼无声画，古邑虹伸蜃气楼。驻泊桃源归去晚，诗心不肯下船头"，整首诗采用了静态与动态相结合的描写手法，展现了洱海秀丽的自然风光，赋予诗的言语具有画面感、立体感和真实感。

给诗安上诗眼、诗心是我写诗追求的目标。诗评家时常用诗眼、诗心、一字惊艳、一字风流等词语强调诗词中画龙点睛之笔。一首诗中若能出现一两处或真或鲜或灵或活的字或词，就好比为读者打开天眼，使人有眼前一亮的感觉，古诗词中这样的范例累见不鲜。我是初学者，造诣肤浅，但求美求好之心依存。《三秋竹枝词》其十"云播清露却尘埃，天上人间锦绣堆。但怕嘉辰明日老，欲将秋色易盆栽"中的"栽"字，应是这首诗的一个亮点。绝句《早发虎踞关》"客乡雨霁涣烟霞，待发轻装向老家。槛外回眸多不舍，一园春色欲乘车"，七绝《炒春盘》"采得暄新红绿黄，佳肴道道溢清香。农家最是心灵巧，总把春天盘里装"，这两首诗的末句，充分发挥了自已的想象空间，读来既有新意也有灵动之感。

致力于炼句，捕捉佳句、妙语是我写诗追寻的理想效果。佳句、妙语犹如诗词佳作皇冠上的宝石，历史从不遮掩它的光辉。人们喜欢佳句、妙语，既是对诗词作品的肯定，也是对诗人个性乃至人品的一种认同。近年来，有多种诗词名句集选本面世，颇受欢迎，便是一个例证。我在诗词创作中，也力求字斟句酌，尽量多地写出自己满意的语句。如:《别旧邻》中的“几许人生云水客，难能岁月杏花天”;《壬寅四月天》中的“野鹤伴云飞画卷，熏风吹絮动和弦”;《夏夜》中的“鼓噪渠田蛙十里，梦萦竹涧月三更”;《蔷薇花开之三》中的“情趣陶然听雨醉，心机磊落枕花眠”;《夜读之更上一层楼》中的“回首云涯终有岸，遥看学海了无垠”;《青海湖》中的“翩飞白鸟连天碧，回首千峰雪照莹”，等等。

诗囊回味，感慨万千，远方在目，地平线上风景如绘。然诗无定法，理无常是，事无常非。一人之诗，示以一人之心，而一个时代之诗，则示以一个时代之心。

卷帙浩繁，不宜倩人，信笔涂鸦，聊以为序。

作者

甲辰槐月于听雨轩

目录

上卷　九州览胜

中卷 异域风情

下卷　江左清音

上卷

九州览胜

一、黄河十八拍

源　头

青藏巍巍汇百泉，苍苍莽莽接遥天。
泾流湿地涓如带，风过高原云似烟。
合聚融溶成逸水，穿岩破石起长川。
浓浓乳汁润乡土，惠泽神州千万年。

龙羊峡

远古洪荒见一斑，大河过处水潆环。
璇穹碧野浮云浅，深谷幽风尘物闲。
峰岭潜湖拦巨浪，土林飞赤染群山。
岩羊走壁合奇景，几许清嘉驻此间。

第一湾

群丘似岛落河中，九曲头湾景异同。
红柳成林栖野鹤，渔舟横渡驭仙翁。
炊烟缕缕斜阳外，牧笛声声远岫空。
举目一望天地阔，白河直贯入青穹。

刘家峡

溯流而上入山湖，对峙奇峰秀色铺。
碧水清流飞白鸟，银沙绿柳隐红庐。
炳灵壁画千年灿，湿地风光万帧图。
西北寒乡今胜昔，高原朔野一明珠。

黄河石林

踏行景泰梦中游，地貌奇痕不胜收。
临水傍山神韵绕，峰回路转径途幽。
蟠龙深谷润灵气，观景平台醉远流。
二十二弯凝眼望，石林深处现芳洲。

黄河三峡

甘中三峡好风光，陇上江南一画廊。
千仞壁雄惊度鸟，万般湖色愧霓裳。
丹霞锦地撩心醉，傩舞花儿惹客狂。
才见苇丛摇倩影，轻舟已过彩陶乡。

沙坡头

素有江南柔色美，更呈塞外伟雄奇，
孤烟落日无声画，大漠长河交响诗。
沙海驱车追骇浪，驼峰漫步赏繁姿。
蜃楼在梦仙缘遇，欢醉沉沉不忍移。

青铜峡

长峡千寻塞上珠，贺兰峻岭美光殊。
湍流险谷青铜壁，古塔金沙岩画图。
牛首山西观绿野，黄河楼上眺平湖。
浪中皮筏惶诗梦，一众游朋尽乐乎。

乌海湖

远近金沙映水晶，伟奇磅礴叹嘉生。
大河潮涌辽天旷，高碧云翔塞外清。
湖傍城关抒秀气，鸟飞长空荡欢声。
芦摇盘岸波光动，北国瑶珠分外明。

响沙湾

滚滚沙区临玉川，月牙地貌拨神弦。
人行大漠青蛙鼓，风起高丘雷令旋。
浩海茫茫开境界，驼铃阵阵悦心田。
东山落夜升明月，蹦迪人围篝火边。

老牛湾

尘世沧桑亿万回，嶙峋矿石一犁开。
关河望远齐云立，龙驭双生并肩来。
高峡千寻横古堡，鸡鸣三市唱城隈。
山村坐落悬崖上，无限风光锦绣堆。

乾坤湾

凭临晋地巨川圆，至此黄河开绮篇。
浪击峭崖龙虎啸，云横太极海天悬。
碧峰长在青烟薄，古道多情红枣鲜。
逝者如斯多喟叹，宜将心绪对觞弦。

香炉寺

峰顶香炉笼日烟，断桥过处欲飘然。
吕梁青脉腾龙马，佳县山城接宇天。
脚下波翻千尺浪，云边霞起万重妍。
最为夕照长河里，小小蓬莱飞眼前。

壶　口

弯弯九曲向东流，大浪滔滔壶口收。
十里龙腾分朔野，千钧虎啸裂高丘。
跖空雨雾灵奇梦，出水霓虹蜃景楼。
秦晋迢迢飞瀑在，余音袅袅到江洲。

潼　关

名川穹岭故墟横，天堑潼关不复生。
津渡风陵陈大道，秦中锁钥业虚名。
青山屏峙晴光好，霁雨岚霏云脚轻。
纵目禁沟三十里，残墩如冢忆连城。

八里胡同

林立群峰渊谷静，漫山挂翠恰新晴。
千寻秀水澄波渺，八里胡同画幅横。
曾记惊涛狂拍岸，似看栈路轭犁耕。
莲花塞顶岚烟笼，壁上疑闻号子声。

小浪底

西霞湖上岛星罗，草木芊芊栖鸟多。
溪瀑竹林飞景语，桥涵浦月漫云歌。
牡丹簇簇蜂儿爽，嘉树婷婷枝叶娑。
岁岁年年沙水调，钱塘潮涌到黄河。

入海口

奔腾一路涛声吼，千里迢迢到尽头。
鸟集争翔遮碧宇，苇花飞雪盖沙洲。
成林钻塔齐天耸，泾渭黄蓝入海流。
日落日升观胜景，桑田笑指几春秋。

二、黄山十八绝

西海大峡谷

云岚涌动万千舟，驭浪沉浮谁驾游？
真幻蓬瀛如在梦，一声长啸任风流。

光明顶

茫茫云海觅仙踪，却见虚无缥缈峰。
天上人间三丈隔，犹闻阆苑步蹬蹬。

迎客松

玉屏楼畔屹奇松，展臂迎宾姿态恭。
莫道厅堂随处见，亲临方觉挚情浓。

飞来石

信由天外遣遗珍，雨打风吹不染尘。
夜枕松涛观紫汉，日携游客笑频频。

莲花峰

飞身霄路瞰山河，天目匡庐一望收。
落锁轻轻人不语，怕传声响扰仙楼。

天都峰

故人兴叹涉峰难，今日攀行只等闲。
傲立天都惊翘首，山川缥缈有无间。

清凉台

依栏远眺岚烟海，天籁风生穹宇开。
十八道弯盘级上，飘飘漾漾到蓬莱。

鳌鱼峰

文章大块老鳌旁，点翠飞花笔力狂。
纵有自然之道法，近前负愧亦难张。

步仙桥

白云天海一桥牵，万丈深渊脚下悬。
松舞风吟空谷断，仙家星苑在崖边。

百步云梯

蹇步惊心登险梯，一身汗湿叹声凄。
云间美景无暇顾，鲜有莺啾也骇啼。

一线天

问路云间上碧霄，山开一线化为桥。
纵心闻得仙桃味，咫尺天涯万里遥。

梦笔生花

望中石笋立孤峰，绝顶天生一劲松。
由是青莲椽笔掷，飞来诗意万千重。

蓬莱三岛

芳魂一缕驻仙家，遗使玄宗聚天涯。
莫问传奇何赋有，遥看三岛锦添花。

玉屏峰

纤纤缆索上霄层，坐阅山图在玉屏。
云海苍茫掀巨浪，莲阆侧畔听空灵。

猴子观海

巧石灵猴望太平，料来看破几红尘。
星移斗转今非昔，悔不当初现正身。

丹霞峰

丹霞峰座丹霞水，如许清嘉舍我谁？
烟外危峦收不尽，任由青眼逐云追。

半山寺

絮海茫茫空谷鸣，半山禅寺半山菁。
手伸可掬云间露，烟幕深处闻笑声。

朱砂泉

紫云峰下涌兰汤，一沐清欢到夜央。
如饮甘泉消倦意，味回几度梦犹香。

三、长江十八咏

沱沱河

日照金山亮紫穹，雪龙飞舞白云中。
奇花异草香坡麓，玉带涓涓绕桂宫。

三江源

琼林冰塔袅寒烟，草甸花丛望邈绵。
凛凛西风吹玉树，通天河畔有飞仙。

梅里雪山

虎跳龙腾云水间，依拉草海色斑斓。
冰湖神瀑高原落，天外飞来月亮湾。

玉龙雪山

冰峰缥缈翠烟漫，南国天生一广寒。
蓦见玉峦涂七彩，料为仙女舞罗纨。

水富港

秀水奇山临大港，蔚然滇北现新光。
黄金航道绵千里，达海通江富一方。

李庄古镇

悠溶雄峙大江边，一见倾心月亮田。
八角殿堂观古色，风侵雨蚀亦安然。

凤凰湖

凌波拾翠荡轻舟，叠障层峦枕碧流。
芳草嘉林争斗艳，复听白鸟几声啾。

武陵山

林海茫茫万谷幽，泉溪洞瀑网仙罗。
四江三水淙淙淌，揽月峰巅飞鹊河。

三　峡

破浪乘风峡水行，楚天寥廓白云轻。
连光如绘三千幅，纵有诗章不敢哼。

三峡大坝

夕照群峰燃半天，巨龙横卧大江前。
望中高峡平湖阔，长汉遥遥一线牵。

洞庭湖

西山日落半湖红，点点归帆烟渚东。
千古名楼千古记，洞庭月色旧时同。

赤　壁

峭壁崔崔立楚皋，江山如画聚英豪。
参天银杏如斯说，千古风流一浪淘。

黄鹤楼

曳履登看黄鹤楼，晴川不废逝东流。
龟峰蛇岭今安在？桑海流沉鹦鹉洲。

鄱阳湖

万顷瑶波接远天，纤云过眼四时妍。
且看湖畔千帆外，绝色匡庐生紫烟。

天门山

诗仙一曲动河山，烟浪天门出险关。
夹峙江流千舸竞，缥缥缈缈向瀛寰。

燕子矶

澄江如练逝波东，燕子凌飞振翅雄。
斜照石矶犹赤壁，樱林万亩不争红。

西津渡

徒行京口夜未央，灯火西津十里煌。
江上烟波明月罩，千年古渡阅沧桑。

崇明岛

绵延百里一瀛洲，遍野生香万顷畴。
海韵江风关不住，驭涛击浪弄潮头。

四、长城十八赋

老龙头

骇浪拍墙隈，龙吟天地开。
城关浮蜃气，海岳动乾雷。
戚戚山河壮，悠悠往事回。
西风犹急节，铁马日频催。

山海关

襟海一雄关，长城开此间。
烽台惊寇虏，垒障护河山。
喜看云霞蔚，忧思钟鼓闲。
休言无战事，骄霸乱尘寰。

九门口

要塞兵争地，天高云脚低。
九门齐列阵，一水变城堤。
山望波涛涌，林听紫凤啼。
归来常叹止，诗梦到辽西。

黄崖关

津门排十景，蓟北有长城。
崇岭奇为塞，寒漪巧作营。
烟波云海纵，晚照秀崖横。
八卦迷魂局，能欺十万兵。

古北口

莽莽燕山巅，长关罩远烟。
盘龙戎百战，卧虎镇千年。
隘口阴风紧，潮河碧水潺。
故墟望旧冢，不禁泪潸然。

慕田峪

京北封屏障，招招锁敌喉。
一城双垛口，千米十谯楼。
回折鹰生惧，崎岖鬼见愁。
崖边松柏翠，旧迹记春秋。

黄花城

长堑盘山脊，墙垣入灏湖。
连城围碧水，烟浪没危途。
古道沧桑意，渊潭清景殊。
和风吹塞外，犹旅在三吴。

八达岭

居庸望远烟，穿越两千年。
关外银蹄急，城前烽火连。
营墉横大野，图国感苍天。
方解其中味，丰碑砺后贤。

紫荆关

紫岭关城险，阴陉卧巨龙。
崭崖蜒万里，固塞拥千峰。
拒马河流激，犀牛山障重。
驱车京北线，钦念仰遗踪。

倒马关

灵丘险象生，涧壁挂长城。
幽谷连关外，唐河绕隘潆。
蹄声经此跌，飞鸟过时惊。
杨六郎威厉，多年慑贼兵。

平型关

北岳如屏峙，南望耸五台。
交通横壁障，城堡众难开。
大战消神话，神州起炸雷。
威名扬史册，浩气永崔崔。

偏头关

黄河南逝去，紫塞界山长。
灯火万家聚，孤城一片茫。
旧年佳口岸，民族共和祥。
遗迹今犹在，滔滔诉海桑。

雁门关

秋风吹古塞，云举谒雁门。
塔挂秦时月，城安飞将魂。
平沙鸿跌落，林道虎消痕。
槛外风云骤，吴钩擦晓昏。

娘子关

古道石坡斜，雄关筑水涯。
平湖飞瀑练，曲泽枕人家。
城垒金汤固，烽台云雾遮。
长街观社火，河路泛灯花。

杀虎口

哥哥西口走，妹妹泪花流。
挥手三长叹，回眸万缕愁。
狼烟飞汗马，霜角动城楼。
要隘多伤惜，遗风埋故丘。

嘉峪关

边陲连锁钥，天下冠雄关。
五里望墩燧，千寻阅雪山。
龙盘瘦脊上，虎伏漠丘间。
历久风沙蚀，犹存初岁颜。

阳　关

烽燧云边立，风尘掩旧踪。
沙滩关址现，丝路履痕重。
大漠腾长箭，金山展雪容。
阳关西往去，皆有故人逢。

玉门关

沙莽望墟烟，寒关浮眼前。
驼铃悠婉响，烽火漫城燃。
朔管招杨柳，鸣金破晓天。
油然生侠意，剑啸应祁连。

五、打卡江南古镇

周庄夜宿

十里春风吹暮烟，万家灯火枕河眠。
泊舟夜宿双桥外，软语吴侬绕梦边。

角直泛游

桨声欸乃摇名镇，佳色撩人千百春。
月坠沧波明半水，三元桥下捉星辰。

同里探幽

水乡短棹扶和景，漾漾金波映旧痕。
三过溪桥诗未就，夜敲月下退思门。

木渎初见

春风又度俏江南，一叶兰舟入翠岚。
风月溪山香满径，人间天上教沉酣。

千灯纪游

斜阳一抹过千灯，石板街头小酒温。
自在烟霞闲院落，三桥邀月共云樽。

锦溪打卡

桃李芳菲春色好，轻舟见过里和桥。
古莲池上清波漾，白鹭成行鸣碧霄。

光福有吟

清奇古怪郁葱葱，阅尽沧桑犹健雄。
更有无边香雪海，仙庭珠落太湖东。

震泽过临

春早蚕乡锦绣堆，闻香寻迹到林隈。
荻塘清梦飘蓬忘，一地风华我作陪。

荡口忆游

适逢桃月碧罗天，棹唱仓河失五弦。
风过无痕香十里，流莺婉转小桥边。

惠山访春

溪光峦色飞灵动，寄畅香园花正红。
试得二泉甘洌味，一如暑夜拂春风。

长泾巡礼

小桥流水仙源外，泼墨丹青扑面来。
我趁春风犹过客，且留梦里久徘徊。

梅里采风

时雨熏风送绿茵，梅村夕照碧澄澄。
推窗遥看清流畔，烟火千居共月升。

巡塘感赋

烟雨江南塘水幽，望中石拱挽沧流。
河滨信步时光老，街肆因依旧阁楼。

荣巷漫题

老街随见昔时痕，古建崔崔灿若星。
风雨飘摇佗日梦，荣氏故里树常青。

乌镇棹舟

坐爱乌篷开俗襟，枕河秀色快诗心。
古桥纤丽香街阜，欲上池台把酒吟。

西塘印象

碧玉环中兰棹过，彩虹桥上踏吴歌。
天光水底谁摇乱，烟雨西塘客不休。

南浔有韵

梦里南浔绿水间，风华不亚旧时颜。
荷塘十里波如练，庭院深深几许闲。

龙门放歌

天外龙门一品花，淙淙溪畔尽人家。
田原乡野青山抱，砚水流岚几钓槎。

前童探访

牵得春风游美庄，钟声侧听出梁皇。
江南一夜桃花雨，万户溪湍胜水乡。

塘栖即兴

杏子花开香满肩，老街深邈雨如烟。
长河入夜华灯上，通济桥头对景眠。

安昌诗寻

三里人家临水居，彩虹十七叹玄奇。
翻轩踏过人如织，一步烟痕一首诗。

崇仁漫咏

斑驳墙垣笼薄纱，深深巷陌影踪斜。
时光飞逝留还老，往事如烟问酒家。

盐官即景

楼门千丈入重霄，高阁豪庭九曲桥。
走过繁华留胜迹，奇观依旧海宁潮。

东沙行吟

天涯海角隐陶家，一半青山一半霞。
渔火千帆无觅处，望中时现旧时华。

朱家角抒怀

沪郊三月恰新晴，我踏春光珠里行。
流水小桥曾旧谙，直趋湖畔觅渔耕。

六、漫题江南名园

拙政园（苏州）

春风约我躲清闲，动望沧流静望山。
应是身临吴市里，幽栖绝胜水云间。

留园（苏州）

青峦走过万千重，偏爱留园十二峰。
侧看惊然横看又，洞天一碧听山钟。

狮子林（苏州）

珠阁雕轩疏影斜，青瑶绿水一宁嘉。
江南个处归真趣，回睹长天照落霞。

网师园（苏州）

竹外一枝秋色艳，小山丛桂馥熏天。
看松读画焉知晚，月到风来闻雅弦。

沧浪亭（苏州）

沧浪玩幽五月中，书香犹漫翠玲珑。
隔窗试问摇空柳，许否支陪听雨翁？

艺圃（苏州）

小巷深处藏洞天，一池碧水漾荷田。
石矶闲卧亭轩阁，漫漫长河境未迁。

耦园（苏州）

无俗小轩看霁岫，春光透现照西楼。
清风静响南天竹，一任诗涛自在流。

环秀山庄（苏州）

天开婉秀落遗珍，几曲清流画作邻。
峰石嵯峨望雪浪，独步江南一绝尘。

怡园（苏州）

回廊曲榭傍烟岑，青瓦丹窗曳绿荫。
山水灵奇成一格，棠云梨雨动诗心。

可园（苏州）

旧园星夜影扶疏，幽淡书香有却无。
隔巷犹闻沧浪水，飞花飘落小西湖。

寄畅园（无锡）

巧借山隅入画屏，卧云涵碧悟空灵。
霞生花树长亭外，暮鼓流泉枕上听。

蠡园（无锡）

五里湖光山色明，层涛拍岸翠烟生。
南堤春晓归残月，千树桃花穿早莺。

适园（无锡）

南街深巷访嘉珍，亭榭轩廊依水陈。
远眺澄江云岫小，抒怀不觉已三巡。

瞻园（南京）

北峰攀过又西峦，绝色山光映玉潭。
尤是东园清簌爽，一方水院冠江南。

愚园（南京）

钟阜凤台皆入第，步移景换应春词。
秦淮佳胜千千秀，水石愚园分外奇。

煦园（南京）

花间修竹隐新柔，水际风亭四顾幽。
石舫枕流呼北阁，钟山风雨听西楼。

何园（扬州）

烟花又笼水心亭，寄啸山庄草木深。
复道回廊能得月，西楼独上听箫吟。

个园（扬州）

四季山光收不尽，曲廊觅句对芳樽。
虚窗影竹梨花月，香梦千回玉绣门。

小盘谷（扬州）

水流云在小湖山，清朗清幽咫尺间。
阶石苍苍苔已老，旧时盆谷旧时颜。

水绘园（南通）

雍游冒苑丽人天，花雨明楼是旧年。
寒碧堂西林妙隐，诗心醉在小桥边。

近园（常州）

春日依栖龙故乡，花前月下影成双。
鉴湖一曲惊诗梦，啼鸟频敲戊夜窗。

豫园（上海）

闹中净土有仙葩，山水玲珑秀色华。
会景楼前飞畅意，凭栏清咏看荷花。

沈园（绍兴）

沈园旧事总凄凄，孤鹤临风夜夜啼。
怨柳宫墙非乃昔，乱空霓彩画桥西。

绮园（嘉兴）

九曲桥横潭影里，连屏山色几黄鹂。
森森古木幽蹊暗，小隐亭边长满诗。

鲍家花园（黄山）

东风昨夜过群坊，鲍苑花红十里香。
盆景千姿堪国色，只缘身在此蓬阆。

七、寄韵华夏名楼

滕王阁（南昌）

秋光极浦浸，登阁望天浔。
霞落长林外，孚萌五柳心。

黄鹤楼（武汉）

风吟蛇岭前，波逝白云边。
馥馥留黄鹤，江城三月天。

岳阳楼（岳阳）

长烟锁渌波，叹望岳阳楼。
何处潇湘竹，平添些许愁。

阅江楼（南京）

雁引小重阳，狮峰阅大江。
长虹连浦口，画入万家窗。

蓬莱阁（烟台）

仙阁云窗外，江山天地开。
桑田生海陌，望处尽蓬莱。

鹳雀楼（运城）

斜晖照绿丛，锦绣接苍穹。
云岳千峰秀，长河半水红。

太白楼（马鞍山）

朝朝卧碧岑，最合谪仙心。
把酒骑鲸去，犹听江上吟。

烟雨楼（嘉兴）

迟光催物苏，柳色笼南湖。
百载红船在，何愁烟雨殊。

真武阁（玉林）

生羡踏容州，云枝落晚秋。
飞檐高阁下，空听绣江流。

镇海楼（广州）

南国观名胜，陶然立穗城。
粤峤临海浦，楼外浪涛平。

甲秀楼（贵阳）

轻宕柳烟空，斜阳染远嵩。
南明河水畔，甲秀熠黔中。

大观楼（昆明）

纵览山川景，晴光入玉壶。
长联书古榭，展读万千图。

望江楼（成都）

澄碧锦江流，晶光映古楼。
夜来星月小，天地两悠悠。

城隍阁（杭州）

临风吴岭巅，遐敞眺山川。
形胜东南卷，纷纷跃眼前。

浔阳楼（九江）

酒旗飘碧汉，名著噪名楼。
司马浔阳醉，鸿题颂万秋。

谢朓楼（宣城）

宣城秋色艳，雁翼振长空。
诗地江南绝，朝朝忆谢公。

芙蓉楼（镇江）

晴光聚月华，楼外一清嘉。
再咏王公句，壶天吐玉花。

聚远楼（上饶）

高楼托月升，湖面皎晶晶。
最是云山侧，万家灯火明。

八、清咏中华名亭

醉翁亭（滁州）

环亭画叠连，人醉小壶天。
翁去雄文在，遥思不觉年。

爱晚亭（长沙）

曲涧响流泉，徐行向紫烟。
霜枫红胜火，一步一怡然。

陶然亭（北京）

湖光醉榭台，诗意不须猜。
朵朵红莲笑，清风四面来。

沧浪亭（苏州）

韶风呼朗月，碧水抱丘山。
古木齐天立，栖游海市间。

湖心亭（杭州）

西子晓霞妆，雕栏依众芳。
翠屏围四野，风月水中央。

兰亭（绍兴）

曲水流清韵，啼莺闹茂林。
举觞邀旧月，雅集动吟心。

鹅池碑亭（绍兴）

鹅池泛慧光，源远水流长。
鸿笔传千古，堪闻余墨香。

历下亭（济南）

海右坐名亭，浑然画卷横。
秋风吹历下，咏兴接连生。

沉香亭（西安）

诗仙附酒魂，怀揣杏花村。
三首清平调，天然无饰痕。

烟水亭（九江）

甘棠藏靖嘉，九曲接烟霞。
南望云天朗，匡庐在际涯。

少陵草堂碑亭（成都）

溪流环草堂，竹木郁苍苍。
诗圣魂栖此，吾心长仰望。

放鹤亭（徐州）

追寻鸿雪踪，乘兴上云龙。
长坐邀归鹤，望穿十数峰。

问月亭（恩施）

施州城北临，风物看芊瞑。
诗境何方觅，岚浮问月亭。

独醒亭（岳阳）

玉岫一间红，韬含壮丽风。
翘然如屈子，笑傲立苍穹。

百坡亭（眉山）

炎天游百坡，快雨洗庭柯。
静坐飞来椅，观鱼赏翠荷。

十王亭（沈阳）

旧殿暗辉煌，多曾耀四方。
群亭犹布阵，娓娓说沧桑。

风波亭（杭州）

时值菊花开，临亭抒怆怀。
凝望诚孝井，泪水洒檐阶。

景真八角亭（西双版纳）

云闲阶道静，风过响金铃。
佛塔遥相望，天生一锦屏。

二泉亭（无锡）

梁溪探极源，惠麓景无边。
追效苏仙雅，行来试二泉。

吹台亭（扬州）

菀柳蘸涯前，瑶波曳白莲。
疑迷清梦里，微雨一湖烟。

真趣亭（苏州）

嘉年春未央，过旅到天堂。
狮苑归真趣，清风撩客裳。

廓如亭（北京）

东堤雨燕飞，湖畔照斜晖。
望断云涯际，游朋不意归。

御碑亭（宿迁）

淮乡雁宇舒，项里景清殊。
挥手碑亭去，凭舟骆马湖。

子云亭（绵阳）

竹涧茂林深，轻舒泉雨听。
西山云蔚处，坐享子云亭。

九、且吟九州古城

平遥古城（山西）

悠悠街陌自流芳，商道千年个里藏。
依旧一城人气聚，标华直指日昇昌。

丽江古城（云南）

曲径深深山作屏，家家流水绕香英。
一游总觉时光浅，不解千千浪漫情。

凤凰古城（湖南）

傍水依山筑岗丘，沱江清浅不羁流。
轻蹬石板凝眸望，一片诗痕吊脚楼。

阆中古城（四川）

古色萦街江绕郭，群峰如链捆烟霞。
城林山水融佳境，自古阆中一丽葩。

大理古城（云南）

东迎洱海万重波，西枕苍山千里秋。
塔影潭光云岫里，青天刺破五华楼。

徽州古城（安徽）

古街古巷古城门，骑马墙头云脚轻。
朗朗书声犹在耳，东南邹鲁不虚名。

荆州古城（湖北）

旅泊关河到古城，宾阳楼外郁青青。
堞墙伫望江皋阔，许处遗存似朗星。

兴城古城（辽宁）

得天巧借首山雄，纳佑迁迁海上风。
向暮珠灯流七彩，夜游疑在水晶宫。

昭化古城（四川）

久慕川湄昭化名，硝烟远去现幽清。
日行千里追佳梦，巴国遗城听籁声。

建水古城（云南）

彩云故里踏边歌，穿越时空逐逝波。
甘食南陲烟火气，香吹臬臬漫红河。

镇远古城（贵州）

垂萝老树笼烟岚，人在行游影在潭。
何处心居常试想，水城镇远最情甘。

巍山古城（云南）

阳光一路到巍山，文献名邦见妙颜。
缕缕古香频沁我，吟玩只在等闲间。

黔阳古城（湖南）

柳溪烟雨却尘浮，樵唱牛坡客梦苏。
凝望芙蓉楼外月，也依少伯咏诗图。

汀州古城（福建）

花甲归田意快游，春风携我下汀州。
栖山枕水望中俏，欲寄诗情天际流。

商丘古城（河南）

中原秋月雨新晴，古巷时闻笑语声。
高碧云疏归雁去，金风又度水中城。

襄阳古城（湖北）

灵秀千年贯古今，风光十里揽佳名。
泛舟汉水吟情远，半部唐诗一座城。

广府古城（河北）

广府寻芳七月天，荷花万亩斗清妍。
明朝归客江南里，应觉凭身在永年。

寿县古城（安徽）

控扼淮淝踞皖中，晨晖初照露佳容。
城关渺渺烟波里，曾记三更梦枕逢。

台州古城（浙江）

紫阳街上乐淘淘，一览长城文苑娇。
书卷气融烟火味，千年古邑弄新潮。

韩城古城（陕西）

山环水抱几沧桑，街巷悠悠韵味长。
行鼓咚咚欣耳目，花椒酸奶齿留香。

十、京华旧游吟稿

天安门广场

日丽天安游广场，河清海晏看和祥。
俱怀寸草春晖意，奉报英雄家国昌。

天安门广场升旗仪式

东方破晓彩云飞，金水桥头绽紫薇。
风展红旗鲜艳艳，万张笑脸映韶晖。

天　坛

满园华筑阅炎凉，印记皇家祭上苍。

礼乐悠悠随梦去，[①]斋宫岂忘吠声狂。

注：①1937年，侵华日军攻占北平，天坛公园西南外坛被日军占据，斋宫西侧的神乐署被改为对华细菌战基地。

雍和宫

辉煌堪比旧皇宫，福地琳琅潜玉龙。

天籁梵音弥净界，晨钟暮鼓送和雍。

景山公园

秋光又沐万春亭，一顾周遭万象新。

古木森森藏诧事，[①]罪槐冤屈向谁陈？

注：①崇祯十七年（1644）旧历（农历）三月十九日，明思宗（崇祯帝）在景山东坡的一棵歪脖老槐树下自缢身亡，此树在清代被顺治帝加上锁链，名之曰“罪槐”。

北海公园

琼华岛上醉东风，白塔崔崔影几重。

积翠堆云浮太液，隔波遥望小玲珑。

恭王府花园

如临贾府大观园，北国江南见一斑。
什刹海边珠熠熠，民育几许聚其间。

地坛公园

参天古树郁超群，[①]“三大将军”秀茂林。
庙会年年迓万客，非遗传衍故人心。

注：①地坛公园古树众多，其中独臂将军柏和大将军柏、老将军柏三棵古树最为著名。

大栅栏

九横三纵到方今，林立琼楼肆比鳞。
老字号牌当主角，经年五百正青春。

瀛　台

人间仙岛看南台，枕水听波开襟怀。
夜话春秋松月下，如烟往事不堪埋。

陶然亭

京中胜迹使陶然，墨客文人世代缘。
雅集梦回吟唱和，逸情直上燕山巅。

碧云寺

雕栏玉砌倚青云，塔影流泉甚可人。
惜惋陈年生祸乱，几多国宝化烟尘。

颐和园十景

长　廊

远山近水画廊牵，人在颐和天地间。
邀月排云双点睛，万屏彩绘绝尘寰。

万寿山

阁仗山雄阁缀山，天光接引展曦颜。
历阶回首波光渺，疑到江南明月湾。

昆明湖

万顷瑶波一顾中，连堤烟柳衬花红。
瓮山佳景开怀纳，沾沐临安西子风。

大戏台

雕廊画栋古香浓，往事钩沉烟雨中。
腔板频来台畔绕，似闻谭派玉玲珑。

清晏舫

火轮翔凤水涯边，允洽中西尤自然。
闲得品茶观雨棹，一腔新咏一湖烟。

玉澜堂

寥落书堂古墨香，艳阳逸照灿瀛阆。
旧时陈设看犹有，几处莺啼倍感伤。

仁寿殿

峰虚五老殿前陈，北境南荣一院生。
曾是颂词常贯耳，而今水木任诠评。

画中游

登临凭眺靖嘉多，信步游廊画尽罗。
欲咏词贫无妙语，恰闻枝上鸟欢歌。

谐趣园

知鱼桥上采清风，三趣奇希各不同。
一径一亭风韵远，惠山寄畅此园中。

苏州街

御园街市甚奢华，列肆临滨近圣家。
逐雅泛舟询店伙，奈何燕雀叫喳喳。

香山四题

其　一

秋意绵绵碧水寒，诗情满满赏香山。
岭前岫后层林染，片片流霞天地间。

其　二

不息双泉涌碧清，参天银杏鸟啾鸣。
伟人触景吟怀阔，嗟咏钟山风雨声。

其　三

昔年向顶苦登攀，曲径幽幽步履艰。
今见凌空悬索道，自由上下好悠闲。

其　四

琼波塔影伴花枝，古道深深心静怡。
西望群山融碧落，香台满眼散文诗。

游圆明园集毁前景点名成诗六绝

其　一

九州清晏景难详，镂月开云何以偿。
上下天光时日短，濂溪乐处说悲伤。

其　二

映水兰香郁晓昏，四宜书屋对空吟。
方壶胜境何堪赏，接秀山房怨气浸。

其　三

平湖秋月映风寒，夹镜鸣琴水底观。
鱼跃鸢飞堆乱石，天然图画泪珠弹。

其　四

武陵春色枉流连，北远山村在雁边。
月地云居丛草茂，澹泊宁静笼云烟。

其　五

曲院风荷图画中，洞天深处一空蒙。
杏花春馆香何处，茹古涵今四顾空。

其　六

西峰秀色望中忧，蓬岛瑶台梦里游。
别有洞天遗址外，慈云普护志难酬。

故宫五凤楼

紫禁城门气凛然，遂成夙愿自留连。
飞檐高壁尘封事，鼓阙钟亭浮梦眠。
风雨两朝烟过眼，江山千里日中天。
昆冈一脉今承古，不废征轮驶万年。

故宫御花园

亭台轩阁照秋阳，后苑玲珑胜羽乡。
奇峭山岩陈大雅，葱茏佳木吐芬芳。
闲行曲径听莺语，诗咏名园叹丽光。
昔日奢华遗韵在，应知宫外几沧桑。

凤凰台上忆吹箫·香界寺

坐北望南，依山就势，恢宏殿宇高堂。看大乘门内，松古龙骧。欣赏康乾御笔，又品读、嘉庆诗章。旧朝帝，闲游驻跸，足见辉煌。　　徜徉，天清气爽，移步即陶然，兴满诗囊。异馥藏经院，芍药丁香。迨至斋前远眺，心绪怎、蓦地飞扬。京西好，群峦妙华，绝色风光。

十一、宝岛环游吟

引　子

阳春宝岛踏游来，八日环行眼界开。
帧帧美图收不尽，梦圆诗境咏千回。

桃园机场

翔云跨峡到桃园，灯火扬波接远天。
银燕穿梭传玉宇，道知两岸共春烟。

桃园观光夜市

长街霓彩映瑶空，满目商铺各异同。
若问一游难忘处，桃园小吃比天工。

台北故宫

依山傍水驭儒风，碧瓦黄墙气势宏。
瑰宝万千稀百世，年年岁岁总垂荣。

一零一大楼

玉竹凌霄北市中，频来地震也从容。
环瞻顿觉群山小，原是身临天九重。

士林官邸公园

扶疏花木径幽幽，浓荫叠叠隐小楼。
对对新人留倩影，焉知长夜望乡愁。

中山纪念馆

拨开细雨访尊门，换岗公仪耳目新。
遥望翠湖张画卷，叹嘉南国一园春。

自由广场

玉宇琼楼胜月宫，小桥流水绕千红。
自由翔舞和平鸽，伴我随吟华夏风。

西门町

繁华市井纳人烟，活色生香济济然。
古筑红楼圆艺梦，老来此地也青年。

淡水河

近临涯岸树婆娑，渌水粼粼泛碧波。
西下斜阳呼暮色，风情满满母亲河。

九　份

小镇天街通桂堂，此游应在碧云乡。
且行一步三回首，城市悲情欲断肠。

彩虹眷村

七彩斑斓小眷村，花开四季客盈门。
老兵犹有童心在，留取丹青忆旧痕。

日月潭

泛舟出渡碧珠潭，日月双生共一蓝。
无尽天光明镜里，浑然已到俏江南。

潭畔下午茶

轻风送我上山腰，一望双潭分外娇。
口呷香茶余味郁，仙庭误入醉云韶。

拉鲁岛

绿丛坐落水云间，浮屿中分碧潋潭。
月下老人欣慰笑，双双鸾偶语喃喃。

阿里山

神树参天破锦云，阿姑玉立水灵灵。
弯弯石径青苔染，步履悠悠穿画屏。

西子湾

徜徉堤垸沐椰风，长浪声声惊上穹。
夕照烟空无限好，海西齐绽映山红。

旗　津

鱼香馥郁埠头飘，灯是银河人是潮。
应约黄昏听大海，信风作戏撞人腰。

驳二艺术特区

落然港埠看桑田，艺术花枝格外妍。
穿越时光三叹慕，海风依旧说当年。

爱　河

花红篱绿一河春，川上高雄美绝伦。
近水楼台能捉月，浮光点点照佳人。

白沙湾

南国寻春云水凉，白沙滩上野茫茫。
水涯波吻衣衫湿，海浪滔滔遏棹郎。

猫鼻头

搏浪猫鼻两峡开，观光游客八方来。
落山风疾何惶惧，云树深深有期回。

垦丁至台东道上

崖畔车行犹梦乡，临窗俯瞰太平洋。
鸥翔澄廓知人意，捎我诗情去远方。

钻石展示中心

一派豪华呼炜煌，繁星点点放光芒。
边前云集珍稀宝，心动千回欲解囊。

珊瑚中心

海底存生千万年，一朝出籍耀青天。
堪称瑰宝当无愧，款款含情好运连。

池　上

春风沉醉步农庄，曲水屏山筑画廊。
半部残阳烟雾里，村头弥漫稻花香。

伯朗大道

池上单骑细雨中，稻园尽望浪千重。
连阡稀树灵犀有，招我台东作老农。

金城武树

伯朗道中生玉树，一栏一几一茶壶。
游人接踵争留影，除却追星啥也无。

太鲁阁

断崖一望碧山横，九曲清流伴骏声。
云上红桥连绝壁，长春祠畔唤英名。

七星潭

十里滩涂砾石家，慕名踏浪到穷涯。
七星未见匆匆过，不觉枝头月兔斜。

大理石工厂

宝岛堪称嘉石乡，光鲜夺目玉琳琅。
徘徊良久终沾手，七彩花瓶纳背囊。

至苏澳途中

铁轮滚滚向苏澳，却遇山颠涧水摇。
斯事原来逢地震，虚惊一晌佐神聊。

后　记

北去高云芳树低，黛山渺渺护春畦。
朝朝思饮长江水，万缕乡愁海峡西。

十二、岭南无处不飞花

香港太平山

闲来访港事悠悠，直上山巅望蜃楼。
孤独百年翻旧页，香江无处不风流。

金紫荆广场

盛开一朵紫荆花，熠熠珠光映日华。
曾记当年漂泊苦，乡关咫尺隔天涯。

维多利亚港

繁华大港景超殊，灯火缤纷两岸铺。
入夜粉图南国缀，东方耀眼一明珠。

大三巴牌坊

炮台山下世遗崔，浴火重生叹几回。
合璧中西标典范，新程引迈接春雷。

妈祖阁

清幽曲径海隅行，一派祥和紫气盈。
仙雾飘然腾足下，翩翩悠尔听禅声。

镜海长虹

氹仔香山一水连，虹桥飞架两追牵。
珠光闪烁星空乱，濠镜相如不夜天。

港珠澳大桥

伶仃洋上卧长虹，天堑拦横无影踪。
电骋风驰三万米，犹骑出海一蛟龙。

亚龙湾

行游南国水云间，十里长滩铺素纨。
万顷波涛连日际，椰林风举踏歌欢。

大东海

沧浪滔滔向海湾，翔鸥点水自悠闲。
惊涛卷起千堆雪，莫测风云谈笑间。

天涯海角

擎天巨石镇南溟，烟岛琼崖享太平。
财富爱情纷沓至，青山绿水伴芸生。

兴隆华侨农场

归沐温泉却旅尘，又听花树啭珍禽。
心香弥久生诗意，清梦徐来枕上吟。

博鳌论坛

长居海角杳无音，迩岁频频传掌声。
玉带绕城迎远客，新开坛席引先鸣。

鹿回头

芳茵莲步鹿回头，南海情山爱染眸。
一段风流传万古，灵犀点点任诗流。

南山海上观音

莲台净苑望南山，一体三尊展笑颜。
大士圆通真善美，慈航济众度尘寰。

大小洞天

鳌山林翠洞天中，津岸琼崖鬼斧工。
奇甸璇图堪绘卷，石涛晓月送归鸿。

红色娘子军纪念园

英姿飒爽立南坡，孝烈将军功德多。
一代英雄酬壮志，万泉河水四时歌。

海瑞墓

清风两袖誉官场，再世包公人仰望。
自备棺函呈奏本，焉知后继几刚肠。

通灵大峡谷

古藤老树满山隈，我驾轻云入谷来。
无限风光收眼底，更惊高瀑挂危台。

德天瀑布

垂天缟素万千条，化雨飞流落彩桥。
闲来归春河畔走，犹听俚曲和云箫。

丹霞山

慕名南粤访丹霞，胜境迷人跷指夸。
举顾云峰红似火，探看水谷灿如花。
清虚觉梦昆阆里，妙气怡神陶令家。
更有层岩千百态，一双元石最奇葩。

情侣路

行道弯弯海岸延，双双彩蝶舞长天。
无垠碧浪归帆远，叠嶂青峦家墅妍。
渔女婷婷擎玮宝，虹桥隐隐傍云烟。

花前情侣欢颜逐，十里风光一线牵。

荷叶杯·虎门

应是少年知晓，羞恼！华夏哮泱泱，奈何肌体患痈疮，烈火烧光光。 遗址炮台依旧，昂首！放眼展宏图，莺歌欢唱入千庐，南粤耀明珠。

归自谣·羊城新景（六首）

湿地唱晚

斜照渚，鹭鸟归栖频起舞，钓翁收饵欣回府。 千钧巨臂江畔竖，吞还吐，车流滚滚流光处。

荔湾胜景

人水共，文化羊城谁得宠，“秦淮”虽小西关拥。 大屋游罢观古董，犹飞梦，荔枝湖上弦歌弄。

古祠流芳

堪美妙，庭院深深盈目巧，岭南遗筑风光好。 浮香书院无价宝，诚相告，花城文脉陈祠耀。

越秀风华

凝眼望，广厦重重连碧嶂，羊城一派生机

盎。　　三湖荡漾津七岗，碑如榜，名楼镇海州无恙。

云山叠翠

林染翠，一望花都皆大美，情牵南国山和水。　　碧云峰上初泛沛，游人醉，雨中群岭尤丰媚。

珠水流光

珠水漾，绕郭临轩腾细浪，繁华街市烟波上。　　蛮腰舟过抬头望，心儿爽，酒家闲坐悠悠享。

忆江南·鹏城好（八首）

其　一

鹏城好，四海聚深家。斜塔观成观铁塔，桑巴看过看伦巴。谁不笑哈哈。

其　二

鹏城好，锦绣大中华。一步之遥观太古，即时开眼到天涯。无处不飞花。

其　三

鹏城好，荔果满枝头。竹径弯弯藏爱侣，鹤亭高耸驻浮鸥。真趣望中收。

其　四

鹏城好，各族共仙舟。火把熊熊彝寨乐，水花飞溅傣家讴。天碧白云悠。

其　五

鹏城好，街景丽晨昏。夜降深南天溢彩，晖盈龙岗地流鋆。欣喜看缤纷。

其　六

鹏城好，梧岭绕轻云。燕子崖前形壮阔，桃花园侧气氤氲。佳景总迷人。

其　七

鹏城好，湖畔溢浓情。花木丛中椰曳影，摩天轮下驭流星。夜半忘归程。

其　八

鹏城好，欢谷秀青春。魔幻城中寻妙趣，阳光沙岸享天真。度假最销魂。

十三、西部放歌并序

戊戌初夏，余置高原反应于度外，与友人一游雪域青藏，终遂经年夙愿，甚是陶然，兴咏绝句一组，以为记之……

成都至林芝飞机上

九霄顾盼一浑茫，天地交融连八荒。
时见白云千万簇，银鹰载我牧牛羊。

索松村客栈

行看仙山绕暮云，坐听雅水汩流声。
扎西德勒呈歌舞，篝火熊熊映月明。

南迦巴瓦峰

日照冰峰泛宝光，时无时有霭中藏。
圣灵遗世凡尘外，仙气飘飘天一方。

雅鲁藏布江

车骋高原山水间，雅江蜿曲贯云滩。
珠峰余脉千千岫，柳浦花田蜂蝶欢。

雅江大峡谷

雪岭连绵峰叠峰，一江素绢肆流东。
峡深千丈惶飞鸟，人在云波浩渺中。

林　芝

锦绣江南此寄家，山青水绿笼云纱。
我行六月生机旺，错过桃花看菜花。

鲁朗林海

一入山林深似海，绿廊百里远尘埃。
溪流谷底淙淙过，更有银峰天外来。

通麦大桥

断崖千仞鸟惊心，直泻飞流难一寻。
天堑坟茔成往事，彩虹桥上听风吟。

波密县城

帕水湍流渡小城，藏王故里阅方今。
冰川辽望云波幻，西域风情沁我心。

尼洋河

尼洋河岸好风光，翠翠青稞正吐芳。
岭上茂林银绢绕，人家侧畔菜花黄。

帕龙藏布江

三弯九曲始成迷，壁立千峰绝世遗。
天险排龙长顾看，帕龙江上喟雄奇。

然乌湖

山行半日至然乌，举目流观万卷图。
古来冰川凌碧汉，蜚云深处现平湖。

巴松措

一弯偃月镶高峡，翡翠盈盈止钓槎。
云里雪山羞涩涩，隔湖遥望格桑花。

扎西岛

天遗墨玉水心浮，风马旗飘触景殊。
千载青冈情侣老，恍如隔世到方壶。

错高村

青甸银峰环圣湖，闲行盘道藏香猪。
干柴捆捆堆墙垛，风貌犹存岁月初。

米拉山口

雅水尼河一界分，经幡飘曳祭神明。
五千海拔云间耸，雪域之舟汉藏情。

拉　萨

盈眸雪岫白茫茫，唾手窗前掬日光。
千载逻娑千载梦，诗情一片寄殊方。

布达拉宫

横空出世接云庭，殿宇雄雄紫气蒸。
红白两宫藏瑰宝，日光城内谒图腾。

大昭寺

万盏酥油灯火红，骈肩香客似长龙。
依依寺外清明柳，绰约犹如公主容。

八廓街

拉萨遗城见一斑，转经道上荡千幡。
街心香火恒时盛，藏铺门前百侣喧。

纳木错

一方宝镜迓遐宾，碧落蓝湖照雪莹。
身外终归尘土物，心随圣水共晶清。

那根拉山口

遥瞻四野起苍茫，顿觉山风大若狂。
撕裂经幡何足惧，仓央闭目咏诗行。

雅江河谷

风影光芒河谷收，霜峰澄练两悠悠。
飞翔候鸟匆匆过，天路迢迢山外头。

羊卓雍措

西进途中访圣湖，碧漪远去霁峰孤。
翠蓝一片浮云朵，点点翔鸥入瑞图。

卡若拉冰川

盛开一朵雪莲花，熠熠辉生山畔涯。
旷古奇珍言憾事，无知剧组刻伤疤。

江孜古堡

山巅古堡刺层云，见证英雄豪气吞。
碑首屹然齐岭看，红河谷里赋忠魂。

日喀则

边域高城气自雄，青霄弄月沐天风。
群山莽莽珠峰立，更有蔷薇映日红。

扎什伦布寺

坐落重天第几层，游人若鹜问迷津。
我将高反留身外，肆览禅家一绝伦。

嘉措拉山口

瑟瑟胡风迎面来，珠峰门户景光开。
藏行万里云中走，此地尤为揽月台。

珠峰九十九道拐

山高坡陡绝飞雁，望断休言蜀道难。
羽缎飘飘凌碧落，笑驰天堑走泥丸。

珠峰大本营

莽荒无际罕人烟，生命歙区别样妍。
且问一峰谁主宰，狂风暴雪万千年。

文成公主大型实景剧

浩瀚星空天幕开，高原圣域汉姝来。
史诗再现描心路，一睹倾心泪满腮。

青藏线

才浴阳光拉萨城，又乘天路向西宁。
翻山越岭腾湖泊，草甸青青望藏羚。

西　宁

直下昆仑达夏都，滔滔湟水近街途。
咽喉海藏今犹是，九野高原一丽珠。

塔尔寺

湟中云寺自生威，金顶昌光相映辉。
拜客不闻身外事，任凭香雾沁心扉。

青海湖

日月山西梦幻生，琼波万顷鹤云轻。
翩飞白鸟连天碧，回首千峰雪照莹。

十四、诗花飞到彩云南

昆明掠影

轻车始发放歌行，一路芬芳诗意横。
盈眼嘉园居世博，开怀广宇接东盟。
墅群簇簇闻欢鸟，径曲深深赏茂坪。
似锦繁花随处在，春风偏爱住昆明。

石林迷路

怪石参差势比雄，关梁剑壁隙缝通。
遮天蔽日迷峤路，百转千回入灌丛。
[①]步哨恍如游海底，[②]芝云疑似逛天宫。
长湖路问阿诗玛，一段佳缘到梦中。

注：①、②步哨、芝云分别指石林步哨山和石林芝云洞。

滇池秋瞑

珠光引我出春城，丽景追看滇水生。
海埂闲情随柳意，西山诗韵溢阶迎。

银波浩渺翔鸥逐，霞彩缤纷归棹横。
伫望斜阳三百里，湖风轻拂听涛声。

丽江漫笔

滇西古邑梦生花，万户望山枕岸涯。
子母水车摇岁月，风云木府读年华。
半街繁卉沽新酒，一米阳光煮旧茶。
夜色斑斓呼燕侣，多情明月笼霓霞。

玉龙雪山写生

半山望断十三峰，苍莽高原卧白龙。
甘子海滨环草甸，牦牛坪畔抱云松。
岩羊在处崖生趣，鹦鹉鸣时雪逸容。
晚照流光飞绚丽，疑为仙袂舞灵空。

月亮谷放歌

徐步仙乡白水河[①]，诗情满满欲行歌。
雪山脚下流琼液，镜浦涯前展玉柯。
蓝海蓝空蓝月亮，白云白涧白天鹅。
林泉近在眸前迓，又见山家露笑窝。

注：①白水河为月亮谷的俚称。

大理扫描

铸就滇西千载梦，一城尽坐画图中。
家家窗映苍山雪，户户门迎洱海风。
书院深深花弄月，禅房静静塔望鸿。
明清街上悠然走，几处清音出鸟笼。

洱海泊舟

今生初试海天游，且向晴川放叶舟。
连浪风吹花更白，疏云鸥逐影弥悠。
①玷苍墨泼无声画，古邑虹伸蜃气楼。
②驻泊桃源归去晚，诗心不肯下船头。

注：①玷苍为苍山别名玷苍山；②桃源指洱海桃源码头。

苍山远眺

海西一望白茫茫，晴照诸峦飞丽光。
十八溪流生洱水，三千云岭壮南疆。
马龙峰上吟骚赋，蝴蝶泉边梦帝乡。
欲借诗仙椽笔试，风花雪月咏千行。

西双版纳逸游

踏过丛林上顶巅，茫茫绿野步潜仙。
欣逢孔雀当空舞，谐遇猕猴对客旋。

傣寨试茶行普洱，露棚衔酒斗山泉[①]。
夜来醉眼惺惺看，花满窗棂月满川。

注：①山泉指云南山泉酒。

十五、巴山楚水入诗来

武侯祠

文臣武将貌如初，敬远常怀诫子书。
得众宽仁方不朽，无声润物似清渠。

都江堰

沃畴千里蜀中饶，旱湿由人奉黍糕。
欲问源头何处在，宝瓶鱼嘴浪滔滔。

金沙遗址

太阳神鸟梦千年，一醒惊传万里天。
古蜀文明追远祖，蓉城青史溯新篇。

刘氏庄园

高墙深巷逸奢豪，楼阁亭台肆自标。
一院尽藏辛楚事，漫漫岁月任零凋。

乐山大佛

凌云气魄镇三江，静坐山前罩八方。
笑看东风吹蜀地，川原千里稻花香。

地震遗址

颓垣碎瓦乱中横，犹见灾魔面目狞。
瑟瑟山风摇素绢，黄花朵朵寄怆情。

黄龙七彩池

瑶池抛落雪山东，绚练铺陈岭上虹。
映脸霞光千万缕，诗图尽在四望中。

九寨翠海

层林叠嶂绕湖边，剔透玲珑水底天。
翠海只合天上有，归来无意看江川。

九寨叠瀑

密林深处舞银龙，岚雾茫茫见彩虹。
叠叠层层归海子，化为瑶镜映长空。

九寨彩林

遍山嘉木莽苍苍，四季纷披七彩装。
苔藓深深幽静处，谁知坐落几蓬阆。

九寨雪峰

尕尔纳山云海涨，翻腾絮浪白茫茫。
艳阳冰斗迷人眼，隐现无常疑梦乡。

九寨藏情

逸情信步翠池间，且听熏风拂藏幡。
莽莽高原天路邈，九州儿女共家园。

九寨蓝冰

峭岩深处卧冰雕，蓝浅蓝深似碧瑶。
峰岭三千添秀色，流光夺目不空寥。

青城山

青城望翠岭，嘉树四时春。
福地神仙会，皇天翰墨氤。
清幽能自在，隔世可归真。
问道临佳气，修心最绝尘。

草堂怀古

浣花溪畔自流芳，不负尊贤杜草堂。
绝有济时怀破国，岂因贫日忘寒乡。
身为乱世江湖客，偏咏青笺云锦章。
诗圣故庐魂见在，祈承小我一支香。

峨眉山

诗仙绝唱响寰中，一睹三峨惊玉龙。
轻雾撩开岚彩起，熙光抹去雨云浓。
天庭弈弈升盆地，秀岭巍巍齐岳宗。
十里美图吟不尽，只缘气象万千重。

古襄阳夫人城

古城北望远空青，巾帼英姿齐楚云。
若问当年谋必得，东流汉水叙珍闻。

古隆中

隆然中起画青山，卧虎藏龙云水间。
天下三分筹策处，襄阳一对响喧寰。

古隆中草庐亭

一琴一剑寄情深，卷卷诗书读夜更。
世事洞明山月里，纵横千里享鸿名。

古隆中武侯祠

崔崔轩殿草庐东，遗貌犹存蜀汉风。
三绝碑文知妙节，九州代代仰隆中。

古隆中三顾堂

身隐林泉济世心，君王问计倾怀诚。
相逢三顾堪鱼水，四海风云从此生。

古隆中抱膝亭

隆中抱膝怀鸿志，化作乡愁梁父吟。
遥望松篁交叠翠，方知盖世老臣心。

古隆中躬耕田

一方水土育贤良，兄弟躬耕拓野荒。
正是春深花满陌，田园淡泊沐曦阳。

古隆中老龙洞

茂林修竹隐龙洞，慧水悠悠通蜀中。
一品山家香乳茗，浑如诸葛具神聪。

古隆中小虹桥

一虹横跨岭前溪，碧水盈盈花满枝。
旧影依稀浮故址，迎前帝子笑嘻嘻。

古隆中六角井

青峦隐隐翠岚侵，古井无波故主心。
苍黑石台恒忆往，几多入梦几多吟。

武当山金顶

天界神庭风卷来，势携金殿碧云开。
楚山纵目堆罗锦，且把危峰作看台。

武当山紫霄宫

坐落鸿天第几层，紫霄福地至魂惊。
风光还叹巅崖好，静听宫前仙乐声。

武当山逍遥谷

径曲林深古燕亨，追欢幽谷听猿声。
贪迷漾漾花溪水，乐见天鹅秀恋情。

武当山远眺

尘海茫茫蓬岛漂，擎天大岳众山朝。
岚生紫殿蒸云叶，钟出金堂绕鹊桥。
百鸟争啾空宇静，千峦叠翠莽林娇。
临风北望丹江澈，几处红楼映碧霄。

题武汉长江大桥夜景

龟蛇解锁大江腾，不尽车流向紫冥。
近水临皋留小照，金龙狂舞入微屏。

户部巷

西枕长江水，南依黄鹤楼。
商家营特色，小吃竞风流。
熙攘人潮涌，丰盈天道酬。
楚天歌贯耳，不醉不方休。

湖北省博物馆

楚地物华丰，盈藏一馆中。
编钟闻大宇，宝剑亮苍穹。
赤壁惊涛卷，汉阳佳木葱。
萦回开眼界，今古越时空。

东　湖

依旧涛声忆昔年，碧波万顷看桑田。
花园香溢城垣外，石渚歌飞云汉边。
携得闲情行绿道，约同游侣赏青莲。
啁啾鸟语催人醒，疑似西湖在眼前。

登黄鹤楼怀古

临风黄鹤立江城，几许方家动壮情。
远影千帆连日际，近郊万宇隔皋坪。
崔公绝唱音犹绕，辛氏琼浆香宛萦。
长卷连天生丽目，晴川不废汉阳名。

访岳麓书院

千年学府屹潇湘，书苑深深自溢芳。
代代学人承故训，楚才唯有尽圭璋。

山行过爱晚亭

清风幽谷古云亭，闲步霜天听鸟吟。
涧水淙淙红叶落，过中石径满枫林。

访湖南第一师范

湘江侧畔峙黉宫，庭院深深佳树葱。
辈出英才多伟岸，冉升旭日九州红。

参观雷锋纪念馆

湘水行觞岳麓崇，望城四季送春风。
旱田礼赞逢时雨，润物无声泽国中。

张家界十里画廊

寿翁迎客笑盈盈，孔雀开屏唱百灵。
猛虎啸天松鼙寂，追望锦鼠向仙庭。

张家界金鞭溪

群山逶迤日烟环，溪水潆洄鸟语闲。
一路叮咚鸣玉律，原来仙境在人间。

张家界黄龙洞

璀璨瑶琳溶洞王，壶天别有景无双。
神针定海今观止，响水河边听老腔。

张家界袁家寨

天梯直上九重天，了望峰峦绕涧烟。
月在云涯星在汉，六奇阁上学诗仙。

再访岳麓书院

悠悠槐市丽名扬，幸自相闻墨溢香。
唐宋遗风熏古色，康乾嘉许透灵光。
整齐严肃藏英气，忠孝节廉怀锦肠。
冶铸国魂堪重镇，湖湘大地涌云梁。

仰韶山

几回梦见几回行，圣地崔崔风物清。
虞舜拓疆如上愿，凤凰展翅乐和鸣。①
龙君凿瀑穹岩秀，②太乙驱邪塔岭晶。③

仰望韶峰千岳在，景熙未必最高程。

注：①相传舜南巡时宿营韶山，奏韶乐于此，凤凰闻乐展翅，嘤嘤和鸣。②、③石壁流泉和塔岭晴霞同为韶山八景，因鱼龙女凿壁引泉和太乙真人镇服毒蜈蚣的传说而得名。

瞻刘少奇故居

山坳稀间清气柔，秋光旖旎总闲悠。
双狮岭畔灵禽哢，百木林前慧水流。
蕴厚何来缠手事，养成方可大风讴。
芙蓉国里人英众，故里花明望此楼。

橘子洲头歌

古洲曰橘子，距今两千春。西望岳麓山，东邻长沙城。四面环湘水，修长似龙身。洲上有嘉木，错落层次明。石径通幽处，两侧绿草茵。长桥映碧水，柳岸鹂鸟鸣。繁花满眼收，香气心脾沁。移步景异同，处处是画屏。信步不觉远，身置望江亭。举目望秋江，景致叹讶惊。漫江透重碧，百舸悬帆竞。渚上泛白沙，钓翁现身影。渔歌向晚唱，恰是一江情。移目西山处，层林覆千岭。云生人家窗，彩绕篱边门。千年古书院，悠悠传钟声。簇簇麓上枫，片片火烧云。纵是丹青手，难绘眼前锦。再看洲以东，繁华一都郡。高楼拔地起，万家得康宁。若是朗月夜，灯火乱星辰。汽车多如蚁，行道绿成荫。存有马王堆，坐拥四羊尊。文人怀情广，银屏风骚领。三一走天下，湘工扬美名。小小橘子洲，倾动万人心。一卷楚才史，追古方惜今。屈子创楚辞，忧国且忧民。发明造纸术，世代忆蔡伦。大欧九成宫，唐楷第一君。狂草有高峰，怀素奉为圣。儒家理学祖，濂溪老先生。旷世天下才，应是曾文正。收复大新疆，湘上有农人。戊戌有君子，壮飞推新政。民国总理座，凤凰熊希龄。甘当实干家，先驱当黄兴。知音十万万，蔡锷大将军。苍茫大地寥，敢问谁浮沉。天心飞阁在，满树挂黄橙。洞箫牧笛远，黄钟大吕近。江上惠风起，洲头笑语盈。天空太霞蔚，日边祥云蒸。放歌小蓬莱，风流千古吟。

十六、八闽胜概游

云水谣

风车九转卧滨涯，百载香街一望赊。
溪畔苔痕侵古道，云间古木笼人家。
徐行卵石闻啼鸟，清听歌谣嗅野花。
十里山川真水墨，梦余诗句不喧哗。

南靖土楼

和风牵手访遗楼，天光云影两窈悠。
庭内景象沉岁月，窗前桑海写春秋。
登高怀远心衔梦，眺望东升诗入流。
日照汀洲千里绰，柔情纵有解乡愁。

注：怀远、东升分别指怀远楼、东升楼。

鼓浪屿

层峦叠翠使心清，几处鸥翔逐浪平。
皓月园中人不寐，日光岩上鸟欢惊。
步游琼屿尘怀去，假度芳洲仙苑行。

琴馆无声天籁有，海天望远信潮生。

厦门钟鼓索道

适值辰年二月天，喜乘缆索上云巅。
舒心伴乐游仙渚，快意凭栏看海田。
嘉筑堪同群岭秀，林皋更比御园妍。
几回翘首东南望，若许情悰却惘然。

厦门大学

坪草萋萋香正浓，黉门胜日踏仙踪。
白鸥频点芙蓉水，绿树长摇五老峰。
幸有湖山宁静美，杳无车马市尘容。
云楼望断桃源路，夕下潮声伴晚钟。

漳州东山岛

水蓝沙白绿村屯，南国寻幽到海门。
拍岸惊涛飞醉魄，横空奇石动吟魂。
峡湾浴场追欢踊，鱼骨沙洲逐浪奔。
舟棹渔排充钓客，悠哉自得对盈樽。

武夷山九曲溪

武夷山涧小壶天，满袖春风放竹船。

泉瀑飞花千尺雨，层峦浮影一溪烟。
云窝深处峰峰俊，林樾稀间曲曲妍。
人在桃源心已醉，棹歌闲听忘归年。

武夷山天游峰

岩梯登极向瑶宫，一路崎岖一路雄。
云荡岚流犹跛浪，峦鸣泽唱似吟风。
清溪九曲银河落，画卷千寻大匠工。
忆我常为山水客，天游宛在太虚空。

武夷山茶博园

茗柯问道岂能赊，直向河街访博家。
青翠峰前看综艺，寒烟溪畔品流霞。
[①]水仙香胜三秋蕊，[②]玉桂红于二月花。
行别武夷何所恋，一山一水一壶茶。

注：①、②水仙、玉桂为两种岩茶名。

武夷山下梅村

九曲雍游兴未央，下梅试煮慢时光。
清溪汩汩流清韵，古宅深深溢古香。
故迹地灵斜照里，旧山风老小桥旁。
酒旗飘处霓虹舞，醉眼惺忪出画堂。

采桑子·古田道中

山明水秀无声画，畴野飘香。艳艳秋阳，遥见晴空雁几行。　　绿荫翠幕星光灿，旧址垂芒。华夏泱泱，风劲帆悬正启航。

清平乐·莲花山木栈道

腰环玉带，秀岭连云霭。芳树葱茏山色黛，几处遗筑流彩。　　游人信步珠庭，接闻蝉唱莺鸣。无限风光如画，醉迷氧吧谁醒？

如梦令·才溪有怀

堪比延安窑洞，传布星星火种。苦雨腥风时，疆场踵兵潮涌。追梦，追梦，勋业世人讴颂。

蝶恋花·夜宿长汀

漫步街头光灿灿。再上城墙，觅尽江南岸。傍水依山疑画卷，笙歌曲曲心生羡。　　雄居闽西连粤赣。商埠繁荣，圆梦新容倩。古镇红都双汇展，客家首府名声炫。

十七、八皖山水间

自驾皖南川藏线随吟八首

敬亭山

青峰六十峙天南，岚翠飘飘万壑间。
千古诗山崇李谢，孤云依旧独悠闲。

青龙湾

远山翠竹隐茶轩，近水如蓝纳彩幡。
最是斜阳风景好，轻摇小棹入桃源。

储家滩

十里画廊深曲径，静流竹涧伴风吟。
岚烟缥缈滩头眺，水墨轻妆小桂林。

红杉林

浅浅湾流秋渐浓，杉林千亩沐金风。
恍如一夜春光至，万绿丛中万点红。

板桥村

岫色青青水色蓝，板桥一睹醉江南。

黄山天目输灵气，总有清嘉随处含。

桃岭天路

曲曲弯弯上九霄，悬崖壁挂立交桥。
车行云岭人沉醉，仙界人间一步遥。

水墨汀溪

一方静土万重林，如练汀溪泼墨痕。
竹径悠悠横妙趣，陡生奢想嫁山村。

月亮湾

修竹繁林野草花，一湾碧水照幽涯。
溪流奔泻三千丈，皖上天然大氧吧。

过旅九华山天池匡咏八首

天池圣境

瑶池天地间，秀岭四厢环。
极目烟云外，舟横绿柳湾。

雨后龙池

高峡有灵湖，龙宫归隐无。
霁云呈瑞色，岚气锁清都。

冰川石谷

深谷徐行爽，迂回千米长。

石淙流竹籁，脚下越蓬阆。

冰河迷窟

巨砾守迷宫，奇观石窟窿。
古藤缠绿水，洞顶见苍穹。

天池竹海

绿竹影婆娑，山中鸟啭喉。
风行云卷去，天地两悠悠。

天池瀑布

白龙天外降，呼啸震峦冈。
寻迹晶帘下，疑游水立方。

神树抱石

虚怀幽谷生，抱石度千春。
风雨寻常扰，山间有好邻。

天池秋韵

秋高云幻景，七彩绕山亭。
环顾龙池畔，天悬大画屏。

悠游天柱山漫兴十首

天柱山

一柱擎天日月恭，大观稀世万家崇。

临风任听云涛吼，许与潜山共秀雄。

天柱峰

峙立江淮第一峰，仙岚缭绕半山中。
千崖万磊天工巧，决汉披霄歌大风。

渡仙桥

乘骑云雾踏潜山，济涉天池亦等闲。
世上尘嚣皆可渡，蓝桥一别到仙间。

天池峰

危台硕石托青天，云雾同生千万年。
莫道平生多困恼，人峰并立自欣然。

飞来石

穹石横生踞半空，如狮如虎啸苍穹。
飞来何故停飞去，喟叹坤元造化工。

炼丹湖

顶上丹湖笼玉烟，幽明幻化似翻篇。
泛舟碧水犁山影，听罢牛郎听七仙。

神秘谷

皖山绝顶贯云霄，九曲回廊向碧遥。
福地洞天浑不舍，扶摇直上渡仙桥。

总关寨

峻险关山幽径深，炮台掩在绿丛林。
云梯百级祥云绕，盛世当存警惕心。

天柱松

山巅石缝立孤松，翠盖如华叠叠重。
何惧危崖深万仞，风雷激荡亦从容。

三祖寺

禅林第一冠南州，三祖扬名香客稠。
清景人文齐荟萃，皖公山麓伴溪流。

打卡亳州花戏楼归作二首

戏　楼

一曲皮黄呼梦醒，戏台斑驳韵犹存。
曾经多少风尘事，埋入涡河柳岸村。

砖　雕

风侵雨蚀不留痕，精巧玲珑堪绝伦。
不问千工何匠做，但祈继往有来人。

参观亳州曹操地下运兵道

地下长城名九州，纵横交错乱人眸。
一河清碧千重柳，古今长吟谯望楼。

霁后天堂寨

霁后白云闲，清游大别山。
瀑帘重叠叠，溪路水潺潺。
白马腾危壁，将军开笑颜。
晴光昭古寨，挥手过雄关。

经琅琊山遇雨

环滁些许凉，高麓野苍苍。
曲径伸林壑，群亭倚绿塘。
道前归倦客，湖畔秀鸳鸯。
无故倾盆雨，溪声动涧房。

过西递村

遥闻欸乃唱西川，村首牌坊叹伟然。
聚水藏风凝宝气，炳今烁古汇佳妍。
高轩栖有堂前燕，上户余存柱上联。
经此福田开境界，心有依依别林泉。

水调歌头·宏村

明秀好墟里，当数古宏村。背依羊栈雷岗，深巷睦芳邻。更有南湖倒影，月沼双溪碧映，处处可怡神。户户画中住，个个画中人。　　谒乐叙，访散修，仰人文。清华水木，应集凝代代艰辛。善借清嘉宝地，构筑牛形乡梓，光惠众芸芸。先祖大灵慧，举世傲同群。

十八、齐鲁采风

登泰山

春归齐鲁嫩风回，片片流霞簇簇梅。
心念神山游泰岳，身驰岩径向云隈。
俯观群岭尤轻小，回首天峰倍峻崔。
松韵石魂齐仰止，万千气象任风雷。

过岱庙

岱山南麓赏宸翰，宫阙重重晴碧宽。
汉柏乌栖呈郁秀，瑶池龙跃驻恬安。
钟声回荡传三界，梵呗弥沦绕万峦。
东岳遥望风物好，漫吟诗草且凭栏。

谒曲阜三孔

参天古柏郁葱葱，势耀神州歌大风。
赫赫圣贤标美范，芸芸黎庶始开蒙。
杏坛肃肃蜚声远，神道幽幽曲径通。
上界应知人性善，专差木铎九寰中。

探崂山

风尘一路至鳌峦，在目皆为锦绣纨。
狮岭疏云迎晏日，龙潭开雾送归鞍。
平川莽莽甘霖泽，沧海茫茫浩气漫。
返转瀑泉迎去路，是邀访客共清欢。

漫行八大关

繁花如带笼轻烟，青嶂绵连分外妍。
罗马遗风盈目舞，田园小景一区鲜。
冰霜磨砺经年久，姿韵丰嘉世代传。
誉贯中西赢厚爱，岛城无处不怡然。

题栈桥

长龙腾海久驰名，打卡游人赴岛城。
倚柱回澜三尺浪，乘舟击水万夫惊。
凉亭栖景桥头立，琴女慈航灯塔擎。
渐至朦胧近夕照，斑斓夜色共潮生。

夜游台儿庄古城

夜行柳岸卧桥虹，九水合川诗意融。
千载运河千载月，八面杰阁八面风。
瑶街十里流华彩，美酒三巡醉笑翁。
时有笙歌添乐子，韶光不觉去匆匆。

放棹微山湖

无边荷藕竞芳英，水影天光云幄轻。
铁道烟消犹有恨，琵琶声老却多情。
一程殊景疑画轴，双桨腾波赶客程。
向晚渔歌嗟未有，棹声远去暮云横。

参观寿光菜博会

或疑平步访仙宫，幻象还真惊欲穷。
反季时蔬堪绝技，水栽鲜果岂雕虫。
有机绿色当头角，墨客文人争采风。
催种催收成往事，移山不再老愚公。

访昌乐宝石城

琳琅上品秀成堆，不惧遐途客自来。
金镂玉雕凝眼饱，钻珠翠钏任心裁。
五湖奇石同城聚，四海珍玩共展台。
蓝宝之乡扬宇内，一花笑引百花开。

十九、中原大地尽朝晖

云台山二首

其　一

闻道云台石峡红，闲游一日正秋中。
泉潭不亚江南秀，峰岭堪称塞北雄。
笑傲竹林尤慕古，叹扬佳节倍思翁。
酣然山水擒诗语，好借飞鸾吟凯风。

其　二

云台初夏碧森森，初涉灵岩欲浅吟。
岚罩诸峰分外倩，那山那水却尘心。

红石峡

红岩扑面迎，盆景谷中生。
壁立千寻短，流飞万马惊。
雪潭齐九寨，隘道比长城。
太古遗存在，朝天听籁声。

茱萸峰

鹏风扶我上山巅，满腹吟情动月弦。
回首千峰人已醉，诗行留在白云边。

潭瀑峡

三步逢泉幽谷空，潭潭相串卧银龙。
响晴何故璇珠泼，飞瀑悬于第九重。

子房湖

一湖碧水纳蓝天，心曲随波摇画船。
悠尔白云如我是，飘飘似醉饮中仙。

万仙山

蹬踏仙山正响晴，风生万壑起雄声。
黄河渺渺天涯远，陆野茫茫烟霭轻。
古寨残垣藏旧迹，洪荒野气蕴重英。
悬梯险处尝回首，空谷如渊峰欲倾。

绝壁长廊二首

其　一

绝壁齐云卧太行，天然屏障锁山乡。
不辞壮士千辛苦，凿破朱岩接远方。

其　二

漫步长廊四顾望，云窗扇扇透熙光。
一程处处皆风景，更喜名山飞凤凰。

红色绝壁大峡谷

神工斧剁太行峰，对峙红崖应响登。
悬瀑飞流三万尺，岚烟缥缈隐仙踪。

崖上人家

朝看日出彩云边，天籁相随种璧田。
家住瑶池临鹊汉，仙翁常过玉窗前。

郭亮村

豫北仙峤绕锦霞，长廊目断有人家。
酒香飘在天门外，王母山中一朵花。

少林寺

山门入望尽豪雄，威震长津及远空。
雁塔丛丛归佛影，鹤林翠翠汇仙风。
行听禅曲凡尘净，坐看莲房心地融。
一别依依嵩岳客，吟歌唱到大江东。

白马寺

长林古木静幽幽，殿阁峥嵘岁月稠。
晨旦钟鸣迎佛礼，夕晖鹤舞送归舟。
空灵素有禅歌绕，了悟常闻私语柔。
东苑牡丹花正艳，春临古刹蕴风流。

国际佛殿苑

域外禅房筑洛城，各生妙色点珠林。
千年白马联新伴，万种天缘一处寻。

龙门石窟

佛光山色梦牵魂，谒像芸芸千万尊。
最是白园情未却，吟舟每泛望龙门。

明　堂

盛唐风韵展鸿篇，万国来朝不夜天。
千载洛都玩穿越，情悰如梦梦如烟。

天　堂

一枝独秀洛河边，旷世辉煌浮眼前。
凤羽祥云流异彩，九州代代记斯年。

二十、一路秦晋一路歌

华山二首

其　一

仰首看仙葩，扶携万丈霞。
古来西岳险，一径接天涯。

其　二

踏行万仞太华巅，人在天庭仰众仙。
渭水泾流犹绮陌，秦川苍莽笼岚烟。

兵马俑

第八奇观不枉传，兵车万乘戍秦关。
千秋功罪凭丹笔，不废隆名响九寰。

华清池

背骊面渭拂岚风，不见当年绣岭宫。
多少繁华多少恨，尽消尘海雨烟中。

半坡遗址

浐河东岸翠生生，华夏半坡常刷屏。
风雨潇潇千万载，史前遗韵任君听。

西安城墙

无字之书随意翻，城垣信步读西安。
天河漫漫星光耀，拟古闲吟到夜阑。

西安碑林

林林碑石巧天工，字字珠玑夺眼瞳。
闲步其间无俗气，古香迎面沐清风。

陕西历史博物馆

恢宏高宇盛唐风，史海三秦一目中。
伫看潼关惊万仞，犹闻四域炮声隆。

西安钟鼓楼

长安城邑已寒秋，斜照崔崔钟鼓楼。
登眺秦川山水色，奈何云厦隔双眸。

宿延安

华灯初上至延安，难抑心潮生海澜。
月下一游瞻宝塔，更知谋道路漫漫。

靖边波浪谷

坨坨卷卷万千层，曲曲弯弯涌谷坑。
我自乘风山垛立，睎望苍莽听涛声。

靖边水上丹霞

高原深处见平湖，崖岸周遭云锦铺。
如是奇观天上有，仙家遗落宝葫芦。

梁家河

丛丛果树满冈岑，户户门前流水音。
欲问山乡何最亮，知青小院正春深。

甘泉雨岔大峡谷

雨岔登临如入梦，巍巍石峡鬼神工。
波纹妙曼刚柔济，遂谷幽深光影融。
苔藓茵茵生曲壁，溪流汩汩应清风。
许为仙子消闲处，难怪名扬成网红。

云丘山

秀色千峰天下闻，向来名胜冠河汾。
山鸣谷应神仙峪，素裹银装冰洞群。
印记文明传远古，相融儒释共烟云。
旋归已见游人少，塔尔村空白日曛。

神仙峪

溪水淙淙天上来，茂林修竹隐苍苔。
不知身置神仙苑，直对青暝迭迭嗨。

塔尔坡古村落

云丘翠麓一林坡，千年沧桑逐逝波。
迩岁网红人接踵，古村无处不飞歌。

冰　洞

踏破云梯入碧穹，思疑东海水晶宫。
冰凌冰柱迷人眼，更有花灯织彩虹。

雁门关二首

其　一

重关层叠屹峦头，塞外风光眼底流。
西望天涯云絮乱，男儿勿忘擦吴钩。

其　二

昔日雄关大漠边，而今放眼动心弦。
归鸿飞过疑迷路，塞上桃源笼人烟。

云冈石窟

万丈熙阳照武州，安然晋地慧光流。
千年石窟扬天下，斜倚东风叹不休。

悬空寺二首

其　一

青空斜刺石崖楼，直觉云间断远眸。
试走天台飞六魄，似游星海荡孤舟。

其　二

翠屏峰下半崖空，悬寺千寻天路通。
何止壮观多一点，人间月邸共灵宫。

晋　祠

襟连晋水携悬瓮，周柏唐槐郁郁葱。
渊涌灵泉终不老，年年岁岁歇飞鸿。

注：悬瓮指悬瓮山。

不老泉

终年汩汩韵悠悠，阅尽人间春与秋。
欣赞河山千色好，泉心应我向诗流。

唐　槐

满目森森满目妍，晋祠古木可参天。
当年许是青莲倚，一棵唐槐诗一篇。

鱼沼飞梁

风雨千年仍弄潮，徊翔振翅雁飘飘。
牛郎欲解相思苦，鱼沼飞梁作鹊桥。

王家大院

依山就势一豪庭，叠院层楼连碧云。
质朴自然堪大雅，浑凝逸艺冠同群。

阎锡山故居

气势恢宏古建群，诡奇格局笼迷云。
沧桑见证沉浮事，细镂精雕天下闻。

重游平遥古城

宵宿城中难入眠，倚栏引望五更天。
前街后巷人潮涌，又见平遥胜旧年。

忆王孙·又见平遥（四首）

（一）

古衙县署刻沧桑，民本情怀尽显彰。三晋商都何以强，看中堂，明镜高悬墨溢香。

（二）

汇通天下日昇昌，童叟无欺美誉扬。气宇昂然立朔方，叹兴亡，票号遗存一馆藏。

（三）

几多马面固城墙，古阁霞观标四方。俱寂台门入梦乡，夜茫茫，御卫名都永未央。

（四）

横成中轴竖成行，繁盛金融无叠双。华尔街区莫感伤，在东方，古邑曾经更炜煌。

观光五台山

和时辛丑春，礼到五台巡。
天幕香纨裱，山陲瑞彩氤。

晨钟苏野木，暮鼓落浮尘。
晋谒安知返，归途欲问津。

再谒五台山

犹乘鹄驭到清凉，胜境无尘三晋乡。
灵岳神溪浮紫雾，金宫银阁泛朱光。
就中云表仙家苑，台外烟霞桂酒庄。
昔日俗心能运世，幽幽梵界醒愚狂。

皇城相府

胜日开怀游午亭，一朝元匠万朝铭。
依山楼宇牵眉月，望水庄园卧画屏。
春到阳城槐叶茂，秋来止苑菊丛馨。
石牌高柱迎风立，洒洒洋洋标众星。

乔家大院

宝珠悦目晋中藏，一部传奇播四方。
镇宅犀牛望晓月，闹堂喜鹊恋梅香。
皇宫素有威严在，乔府由然美誉扬。
眼界顿开频叹慕，悠悠往事转柔肠。

应县木塔

顾临方晓植根深，天柱巍峨矗古今。
西挽桑干长袖舞，东牵恒岳大风吟。
狼烟数度身犹健，苦雨经年胆更忱。
欲借仙丹赠瑰宝，长河漫漫壮君心。

望北岳

晋北车行五月中，群山逶迤贯天穹。
雁门塔挂秦时月，悬寺窗含塞外风。
千岭绿能排巨阵，万层草甸隐芳丛。
应承好景诗情起，浅唱恒宗半壁雄。

二十一、关东纪游

中国北极村

兼程朝暮朔途漫，直达神州最北端。
雪映界江东水逝，松吟边野昊天寒。
观音山壮僧庐邈，古驿村荣市井宽。
幸品哲罗香沁溢，极光未遇酒留残。

胭脂沟

金沟草木乱芸芸，安宿多方香艳君。
百载传奇今浩叹，一祠铭刻古珍闻。
堑渠满洒胭脂泪，山麓纷披纨绮裙。
落尽繁华归净土，唯留松柏守墟坟。

漠河观音山

雪原莽莽瑞光浸，豁目迎祥观世音。
南国椰风柔万水，北疆林海壮千岑。
金沟已改初时迹，松苑依然丰茂深。
凛冽寒流侵野色，漠河处处动吟心。

五大连池

宙外飞来雕画卷，犹江似海向遥天。
山崩应是焦雷劈，地裂招徕石浪颠。
峡谷深深潺碧水，沸泉汩汩袅轻烟。
即临冬日犹奇丽，时值春秋更郁妍。

太阳岛

一方仙岛嵌冰城，曲曲弦歌先迓迎。
灵鼠窜逃频逗客，天鹅游曳总含情。
年年雪季狂欢至，岁岁花潮诗意生。
乘兴凭舟高碧望，松花江渚白云轻。

中央大街

长街营筑众人夸，诸式欧风誉迩遐。
遴选冈岩铺广道，历经雨雪逸标华。
聚合名品赢方客，啸引高朋惠庶家。
曾记亚洲称第一，依稀犹见旧时奢。

满洲里国门

风云际会几春秋，口岸冥茫客涌流。
红色通廊功赫赫，睦邻纽带影悠悠。
登楼远眺千层雪，放马奔驰万垄畴。
碑界庄严迎面立，且留小照待回眸。

呼伦湖

遥知北陆大湖横，一睹真容敬畏生。
沙岸听鸥心放醉，玉滩淘浪意开晴。
象山望月堪奇妙，虎阜临风愈噪名。
举目水云融汇处，白帆点点见渔耕。

长白山天池

霁后琼池眼界开，侵人朔气染红腮。
群峰环抱粼粼水，高扇吹离漫漫埃。
似有龙潭蛟出没，达闻海眼浪行来。
烟岚藏在天光里，乍到缘成何幸哉。

长白飞瀑

断崖堑谷接云滩，踏雪追踪上广寒。
怒吼雷公鸣急鼓，恣游白蟒起狂澜。
珠垂玉坠飞银练，岚气霓光展锦纨。
悬瀑千层元胜镜，源头活水下重峦。

伪满皇宫博物馆

衙门盐榷筑皇宫，湮没茫茫史海中。
傀儡十年康德耻，森凉一院树梢空。
御花园侧看遗迹，书画楼前叹旅鸿。
目睹山河曾破碎，恨无策马作时雄。

世界雕塑公园

长春郊野坐名门，举世无双雕塑园。
大匠巧思呈逸品，行家荐誉示乾坤。
东方玛雅题材广，关外瑶林艺道惇。
友谊和平宜咀咏，行宾远去赞犹存。

沈阳故宫

龙砖彩瓦垒皇城，金碧辉煌宝气萦。
文溯阁中藏四库，凤凰楼上隐三声。
双重宫殿珠连璧，四百春秋阴亦晴。
烽火台坪环目顾，万千广厦隔青睛。

棒棰岛

苍松翠柏郁芊芊，三面环山曲径绵。
勒石崔崔遗妙墨，棒棰隐隐奏雄篇。
四时花色舒怀广，一苑浓荫雅墅妍。
听海观涛豪兴涌，占来佳句动诗弦。

星海广场

信步闲游星海岸，茵茵芳草绿如蓝。
擎天灯柱风中矗，落地浮雕光影含。
束束霓虹明永夜，尊尊汉鼎誉遐覃。
云楼成片犹春笋，璀璨明珠耀市南。

旅顺军港

三山环守港池平，形胜天然久逸名。
半岛咽喉馋万寇，百年荣辱喻千生。
醒狮长啸雄风卷，猛虎飞腾银汉惊。
旋舞白鸥抒恰意，辽东沿海看金城。

二十二、大美新疆“亚克西”

天山天池八首

天池石门

夹峙好巍峨，高门向鹊河。
浪花浮泛处，仙羽竞婀娜。

五十盘天

迂回五十匝，举目有仙葩。
悬瀑龙潭注，鸣林在水涯。

天池主湖

层峦千万重，玉镜照晴空。
点点轻帆漾，追游借好风。

东小天池

潭前一素帘，飞迸起岚烟。
皆曰神龙吐，疑游东海边。

西小天池

寒松环四邻，飞瀑若行云。
池畔观王母，梳妆馥郁熏。

定海神针

古榆枝叶茂，旱涝不零凋。
西姥金簪立，神针镇水妖。

东岸靓女

水横斜照里，东岸悦情时。
少女盈盈笑，云龙会故知。

大湾倒影

风平浪静娴，林谷映水间。
鸟掠琼池皱，相机无奈关。

吐鲁番四首

交河故城

余址两千年，安然卧朔边。
九街能辨识，百业早遥迁。
关隘尘烟守，城池野草眠。
休言丝路远，旧迹在眸前。

葡萄沟

嘤鸣沟谷幽，溪曲水环流。
珠挂棚廊矮，风吹甘味稠。
林间翩少女，绿带隐花楼。
且品红提子，怡情在火州。

坎儿井

明渠来活水，源自堑渊深。
暗道流琼液，龙吭传妙音。
厉风吹漠野，甘露泽烟林。
岁月悠悠去，春晖照古今。

火焰山

过临观火焰，四顾漫焦烟。
飞鸟无形迹，青丛在远边。
炎风愁阔野，赤气苦群仙。
愿借芭蕉扇，召回三月天。

喀纳斯四首

喀纳斯湖

北陲天赐九芒珠，目举丰华欲唱呼。
百叠屏风张远域，十湾玉镜照清都。
频来湖怪添神秘，过往骊龙隐卓殊。
妩媚雾山今又现，佛光云海惜望无。

观鱼台

朝赴鱼台日暮还，身如剪燕瞰瑶颜。
东晖点亮三千水，西照描红十万山。
浅底舟横群鸟舞，长空雁过朵云闲。
人间仙境寻何处，尽在疆隅举步间。

泰加林廊道

加林廊道圣湖东，纤婉迢迢曲径通。
广骛苍山颜似玉，无垠林海色如虹。
十湾瑶水收空碧，一抹斜阳驭素风。
归路迎凉偏叹爱，恨无好句寄深丛。

卧龙湾

喀河夹岸有仙乡，最是龙湾难淡忘。
岭上芳林浮瑞彩，波中玉影泛灵光。
腾蛟出没人堪醉，箫侣留连风亦香。
小岛丰柔青眼看，宛如珠嵌水中央。

二十三、秋游西北大环线

青海湖

遥望群岭雪皑皑，碧浪无垠心快哉。
笑纳百川天地阔，诚迎万壑俗襟开。
棹舟向日云涯暖，依石临风陇上恢。
每忆明珠情切切，跋山涉水几回来。

茶卡盐湖

越过南山复几重，终迎茶卡碧湖容。
云端漫步投妍影，画里宣情追远踪。
依韵长吟昆岭雪，解襟遥听海西松。
会当对镜携游侣，俯首扬眉看玉峰。

大柴旦翡翠湖

戈壁苍茫现物华，秋深塞北驻丰嘉。
吹扬行苇风前笛，沉落闲云水上花。
雪岫皑皑浮大野，翠湖片片撒天涯。
踏游疑在三清苑，归路低回日影斜。

莫高窟

敦煌一睹已欣然，石窟千秋梦里牵。
佛洞幽幽闻宇内，丹青灿灿冠峰巅。
宫前祥树崔如障，塞上孤云薄似烟。
便是迟留犹不舍，只缘神女舞霜天。

鸣沙山

无边瀚海望浮沉，墟莽荒烟试一寻。
晴岭云飞豪气壮，灵泉水静丽情深。
驼铃远道横千里，岫壑空鸣堆万金。
萧瑟秋风今又起，疏疏沙柳正寒吟。

月牙泉

金沙空碧鸣秋韵，新月如牙分外明。
交逐闲云潜镜水，依随霜野听笳声。
举目大漠驼铃脆，飞吻甘泉心岛晴。
多应西山浮落日，芦花深处酒旗迎。

嘉峪关

行到雄关下夕阳，暮云飞渡满天霜。
塞原荒莽狼烟远，丝路遥迢驼影长。
黑岭风摇阴恻恻，祁峰雪覆渺茫茫。
河西锁匙今犹是，新月弯弯照堞墙。

金塔胡杨林

深秋荒漠倍清凉，万亩胡杨披杏黄。
芦荡曳摇飞雪影，枣林振摆扑甘香。
金波湖畔霓裳舞，沙瀚洋边野趣狂。
烽火高台宜骋目，缤纷北陆画千张。

七彩丹霞

雪霁晴初又快游，一程无碍到甘州。
迎眸云锦连昆岳，映日虹霓接玉楼。
千垛长城腾赤壁，万条彩练捆高丘。
低回又作琉璃梦，但见茫茫人海流。

祁连山大草原

万顷秋原接雪山，牛羊自得白云闲。
风吹老树尤苍劲，日照冰川更壮颜。
牧笛悠扬溪水畔，寒花馥郁草丛间。
景光速览情难了，画卷千寻窥一斑。

二十四、旧游拾忆

南湖咏怀

碧水红船烟雨楼，南湖一举动神州。
锤声呼啸乾坤转，镰影风行壮志酬。
苍海茫茫排浊浪，桑田渺渺种情柔。
花开拱绕佳妍梦，笑看江河万古流。

游南京园博园有吟

六朝古邑紫台东，杏月芳郊万点红。
沧浪问泉尘世外，华林寻胜博园中。
长亭小榭牵吴韵，翠柏朱杨摇汉风。
最是纤云闲在处，一行白鸟破青空。

登阅江楼

一览长江浩荡流，竞驰百舸出芳洲。
北收浦口腾龙路，南取秦淮得月楼。
雄础坚心望日月，高檐耸目祭春秋。
筑无记有辞青史，消却金陵万古愁。

丁酉冬金陵遇雪

雪压冬云久未苏，浑蒙遮眼众颜无。
风亭交韵休长坂，行道流光别古都。
独咏尤思新绿蚁，对樽更忆小红炉。
丰年应是重重兆，赏景人朝玄武湖。

夏游丽水南尖岩

避暑追幽何处闲，南尖岩畔水云间。
翠岚锦雨清凉界，空谷青林消夏湾。
观石观峰观竹韵，听泉听瀑听溪潺。
江湖相忘桃源里，归去依依梦此山。

过遂昌神龙谷

神龙起舞浙西空，万壑千山韶气融。
飞瀑悬流天幕外，妙音交响翠峦中。
汤公寻梦遗幽迹，戎将驱尘建茂功。
最是溪岚迎客至，鲜凉缕缕爽南翁。

初冬的克鲁伦河

碧链延绵嵌北疆，渌波静静泛粼光。
风恬云朗天涯阔，草浅林疏光影长。
侧耳空灵听候鸟，举目悠遨见牛羊。
入冬寒照尤饶美，几度遥观几度狂。

谒昭君墓

月华似水两千秋，青冢孤亭清气流。
谙记和亲添戚谊，长思邻睦少烦忧。
琴声凄婉唏云漠，乡念缠绵动九州。
亘古相传人尽晓，逸名堪比楚臣讴。

游承德避暑山庄

皇家夏苑今犹在，最喜门朝百姓开。
致爽烟波弥玉岭，养怡荷扇漫亭台。
此间多少前尘事，不必于时枉费猜。
论治尤需隆国运，免留空负叹清哀。

夏憩北戴河

茫茫沧海涌狂潮，金岸绵延千里遥。
叠翠峰峦穷远目，引吭鸥鸟动灵霄。
鸽园眺望诗情溢，虎砑扬鞭岩石飘。
风物宜人人欲醉，江山如画笑多娇。

瞻望西柏坡

冀西胜地自由行，古朴沧桑浩气盈。
坐拥太行千嶂秀，怀含滹水万家情。
小村壮举惊中外，旧址垂芒照旆旌。
一望名坡松柏翠，茫茫心路指归程。

至赵州桥

临虹款步在洨河，千载沧桑还入流。
遥望云中初月起，轻扶壑上玉龙游。
天工奇巧谁人越，心匠精神大师羞。
夹岸杨枝依旧曳，浊流桥下惹人愁。

二十五、题普陀十二佳景

莲洋午渡

①波涛微耸过莲洋，万朵芙蕖竞吐芳。
铁瓣海生倭子惧，观音自在恋家乡。

注：①莲洋以日本人欲迎观音像回国，海生铁莲花阻渡的传说而得名。清康熙《定海县志》转引《普陀志》云：“宋元丰中，倭夷人贡，见大士灵异，欲载至本国，海生铁莲花，舟不能行，倭惧而还之，得名以此。”

短姑圣迹

姑嫂施香注至诚，潮来路绝蓦逢春。
谓为传说千家诵，敬畏存安启后人。

梅湾春晓

伫立层巅数雪帆，罗浮何故到梅湾。
携同鸥鸟粼光里，贪享瑶田竟忘还。

莲池夜月

荷叶田田朗月圆，拱桥梵宇映灵泉。
繁星点点安悬住，坠入莲池水底天。

法华灵洞

天然巨石藏灵洞，层复工奇各异同。
几宝岭东遥目望，自在佳处法华中。

古洞潮声

脱缰潮水自天垓，挟势飞龙霹雳开。
溅沫腾空遮骇目，嗟唏未见彩虹来。

朝阳涌日

福地迎阳总在先，半轮红日上云巅。
金光万道呼穹丽，一任欢情到晚边。

南天慧门

孤悬入海架龙桥，重重危岩争锦标。
砥柱南天扶杖伫，[1]入三摩地避尘嚣。

注：①“入三摩地”是佛教术语，意为脱离心之沉浮，而得平等安祥，将心止于一境而不散乱的状态。

磐陀夕照

磐陀相垒实虚看，夕照余晖灿灿然。
暮色苍茫望海甸，条条仙路在云巅。

千步金沙

骇浪淘沙飞瀑来，止如曳练雪皑皑。
设筵把酒同行乐，临夜听涛醉月台。

光熙雪霁

佛乡素裹难能见，皑白山川碧染天。
千树梨花同日发，北疆风韵在眸前。

茶山夙雾

忽无忽有忽弥漫，如画如诗如绮纨。
拨雾穿云寻路陌，披风扶壁向仙峦。

二十六、吴韵汉风咏乡愁

南　京

大江东去竞风流，古韵浓浓岁月悠。
一幕城墙遗故事，千年文庙叙春秋。
烟岚云岫鸡鸣寺，水岸林泉白鹭洲。
难忘河西星月夜，银花火树接云楼。

苏　州

几回清梦醉苏杭，吴越文明播四方。
园艺园林天下甲，苏绸苏绣古今扬。
钟听夜半寒山远，茗品斜阳鱼米香。

美墅琼楼环曲水，城乡无处不康庄。

无　锡

太湖碧水绕梁溪，点点渔帆耕锦泥。
霞客故居松叶茂，恺之艺馆旅人迷。
抱桃阿福凡家宠，映月澄泉云影低。
众口皆夸阳羡菜，鼋头仙渚舞莺啼。

常　州

沪宁线上崛龙城，山色湖光妙趣生。
竹海深深云际接，淹州荡荡古风萦。
巷街青果标文脉，宝刹天宁扬远名。
梳篦宜为随手礼，舣舟柳岸总关情。

南　通

明珠闪烁五山隈，一望平川荡气来。
江渚蒹葭浑莽莽，濠滨博苑势崔崔。
颐年养寿仙家苑，启智培材黉宇梅。
宜旅宜居宜创业，天涯游子正思回。

扬　州

琼花故里在维扬，古邑恒时水墨妆。

碧野长空皆好景，竹西淮左普宁康。
熙春台畔瞻灵塔，得胜桥边品玉浆。
湖瘦山平明月近，风流代代著华章。

镇　江

通江达海古润州，横枕烟波北固楼。
宝刹孤丘林蓊郁，寒汀芦荻水奔流。
西津渡载千秋月，李塔湖承四岛幽。
恒顺飘香城俏醋，馋涎欲滴醉吟喉。

泰　州

尽兼风韵比三吴，银杏之乡冠我苏。
光孝灵栖多信众。溱湖美景入诗图。
丰盈清丽梅兰宴，浮岛流霞兴化都。
古乐千丝香四溢，海陵名胜谓清殊。

淮　安

运河横卧碧波涟，放眼郊原皆玉田。
今古交融含蕴藉，人文荟萃俱宏渊。
灵湖浩渺千帆竞，翔宇高风万代妍。
南北通衢堪重镇，奔腾逸骥正扬鞭。

盐　城

东濒黄海听波嚣，大纵湖光分外娇。
天泽鹤都无际畔，地灵鹿苑有青标。
草炉香饼常回味，白炖鲻鱼任奉邀。
悦达源源流大市，平川无处不新潮。

宿　迁

烟花春月酒都行，百里湖堤画影横。
南望江淮厢两水，北连齐鲁扼双京。
乾隆驻跸山河好，项羽遗居桑梓情。
古栗氧吧三百岁，入林返隐听欢莺。

徐　州

纵横高铁贯斯城，历代兵家无不争。
两汉文明移步见，千年帝里瑞光盈。
云龙望断山居水，风曲吟时草动情，
南隽北雄融一体，东方雅典碧空清。

连云港

背倚云台面向阳，亚欧丝路最东方。
桃源幽涧闻飞瀑，花果奇山观玉皇。
剔透水晶游客爱，脆皮煎饼梦中香。
渔湾看景蓬莱小，连岛青空鸥鸟翔。

二十七、题新金陵四十八景

中山伟陵

一陵雄峙大江南，松柏森然溪水潺。
石级直通钟阜顶，谒宫似在碧云间。

孝陵香雪

孝陵素裹凛寒来，傲立梅花次第开。
袭袭暗香人欲醉，钟山处处抱清裁。

十里秦淮

珠帘十里映清流，欲借波光寄古愁。
是夜霓虹遮旧月，笙歌频起晚晴楼。

幕燕长风

驭水闲游过下关，长风浩荡入舷窗。
泊舟幕府风光带，燕子矶头唱大江。

紫台观天

天堡危巅看大寰，万千气象一斑斓。
叹奇紫汉星追月，更有珠峰山外山。

玄武烟柳

絮雨潇潇玄武门，绿杨已夹几重轩。
一湖春水粼光闪，烟笼台城遮旧痕。

明城龙蟠

傍水依山绕柳烟，蜿蜒耸峙后湖前。
龙蟠东郭今犹在，紫气盈盈千百年。

雨花丹青

雨花阁外日悠悠，江畔丛生百尺楼。
欲问丹青谁绘卷？忠魂缕缕写春秋。

甘家大院

曲廊修竹月辉疏，袅袅书香有却无。
满院风华成往事，秦淮河畔忆明珠。

高淳老街

老街浑朴喜迎尘，横卧淳溪九百春。
几许沧桑遗影迹，物华依旧惠来人。

桠溪慢城

两水三山五份畴，江南小镇慢悠悠。
观花赏竹慵阳下，偷得空闲放钓舟。

泉涌珍珠

楼台亭阁迓纷纷，碧水涟涟抱黛岑。
约得诗朋三两个，定山西麓听风吟。

冶矿探幽

一游冶矿景观新，谁信当初漫滚尘。
最是露天塘口处，幽深峡谷更迷人。

牛首烟岚

秋到江宁牛首山，飘然鸿影绕层岚。
郊游佳日倾城出，十里禅林望镜涵。

南博珍藏

半山园内慧光流，异宝奇珍一院收。
静卧城隅人尽望，新楼旧殿两悠悠。

石城清凉

纳得江风石壁藏，岚光树色自清凉。
亭前最爱枝头月，把盏相欢到夜央。

天妃静海

狮子山南访旧宫，金陵天庙古香浓。
惊瞻丝路遗存美，谛听沉沉警世钟。

云锦天工

天遣神工到秣陵，织成云锦满城倾。
千年洗礼魂还在，犹听当年机杼声。

莫愁烟雨

对弈楼台觅旧踪，荷塘十顷雨烟浓。
抬头纵目湖心外，广厦千重复万重。

朝天宫阙

宫墙万仞木芊芊，山殿云亭生日烟。
故国王谢曾指点，源流文脉两千年。

阅江览胜

晴川一望叹多娇，积浪滔滔接海潮。
座座虹桥云雾里，万家楼阁断山腰。

紫峰凌霄

紫峰矗立似冰雕，雁过身旁乱眼缭，
刺破银河星雨落，一城灯火映鹏霄。

颐和公馆

陈栏老墅雨梧桐，依旧纯然民国风。
午后试茶聆古乐，斜阳枝上送归鸿。

天堑飞渡

天堑千秋一瞬通，烟波江上落长虹。
东流滚滚云涯外，百舸扬帆飞浪中。

汤山温泉

古都东郭雾氛开，不尽汤泉镜渌洄。
温润爽心宜沐浴，八方逸客慕名来。

汤山猿洞

洞穴茅庐太古村，旧痕累累夺双睛。
休言上祖遥天远，耳畔犹闻击石声。

阳山碑材

几回杜鹃匝枝啼，吴岫南坡暮霭低。
硕大碑材明夜望，万人墓上草萋萋。

瞻园玉堂

紫藤矶石古轩亭，葱绿瞻园分外清。
乘兴一游微醉后，南窗树下听琴筝。

南大北楼

常青藤蔓覆钟楼，萦系门生离别愁。
逐梦翩翩云汉月，书山长翠水长流。

方山天印

梵宇崔崔松影斜，樵歌去后忆人家。
招来澄碧天池水，试饮仙坛紫雾茶。

栖霞丹枫

值遇同朋伏虎陉，灵光点点听秋溟。
手机频举红云畔，咔嚓声声笑驻屏。

梅园风清

钟山风雨寄梅魂，物景依然气节清。
几度瞻怀犹不足，甘泉润我细无声。

鼓楼钟亭

梧桐蔽日惠风轻，广场繁花正馥芬。
一鼓一钟相望处，坐观紫塔破青云。

南唐二陵

祖堂山下正高秋，菡萏香消夕照悠。
后主洛阳千里望，江川不废涌狂流。

奥体中心

双虹飞架大江前，绿浦开荣子午莲。
“十运”烟花犹在目，欢歌缭绕白云边。

老山深林

枕滁临浦植森森，石洞林泉四绝伦。
静谷尽头凭轼眺，一山一水一烟屯。

故宫沧桑

叩询紫禁城安在？一片遗墟烟雨埋。
璀璨皇宫成绝典，梦魂长绕旧金阶。

天生胭脂

胭脂河岸绿屏长，十里风光一画廊。
放眼天生桥埆外，柳含烟户沐斜阳。

石柱奇观

半壁石林天外降，一从瓜埠识洪荒。
风雕雨刻千生后，远古奇观更炜煌。

金陵经典

心仪欲访刻经间，久叩门扉还闭关。
百况浮生谁处寄，延龄巷口慕仁山。

浦站背影

民国风情款款来，悠悠往事辄萦回。
朱公挥动如椽笔，背影长长印月台。

站映湖光

松陪花伴总嫣然，山色湖光流夕烟。
柳下平台观水底，一如星灿月华天。

史存警世

国破家亡堪疾首，冤魂卅万卧荒丘。
一年一度金陵祭，泪雨纷纷洒九州。

宝船遗址

瞭望台西有浅滩，枯芦摇曳北风寒。
春秋六百观沧海，华夏航船破巨澜。

金陵兵工

旧址遗存创意新，八方文企共家门。
弘扬国粹传经典，四海生辉九牧魂。

鸡鸣春晓

早樱竞放山门路，云寺幽幽晓月孤。
一望台城杨柳暗，芳菲郁郁六朝都。

枢府春秋

小桥流水江南韵，楼阁亭台复可人。
任是深宫幽径曲，沧桑见证几畴辰。

南朝石刻

石兽零星散故都，一尊坐落一遗图。
风吹雨打千余载，问古游宾自五湖。

二十八、春江两岸泼芳华

拈花湾

烟村三月时，践约许心期。
春水莹如镜，空山美若诗。
香街流逸客，月榭抱琼枝。
夜半风吹雨，拈花一笑痴。

灵山胜境

疏雨风吟歇，蓬莱咫尺临。
①祥符银杏古，②灌浴藕池深。
翠岭望烟色，香城听梵音。
一花成世界，浣拭我尘心。

注：①祥符指祥符禅寺。②灌浴指九龙灌浴广场。

飞马水城

轻舟摇碧水，一路沐春晖。
烟渚桃花落，滨涯柳絮飞。
哗哗泉瀑起，嘚嘚马蹄归。

购物天堂里，欢声上翠微。

中山陵

钟岭寝樵仙，森森接远天。
熙光盈紫宇，大爱满坤乾。
花发梧桐道，鸽飞音乐泉。
春江东逝去，岁岁忆勋贤。

秦淮河

秦淮千载梦，烟月岁华中。
粉黛诗词老，轩廊今古同。
渡头兰棹漾，巷口丽光融。
是晚浑非昔，霓裳舞夜空。

大报恩寺遗址公园

春回长干里，处处听莺啼。
天塔风铃远，地宫云影低。
遗垣呈旧迹，幽径配新霓。
遥望秦淮水，繁花簇柳堤。

牛首山

细细杏花风，春山一望空。

桃溪鸣鸟脆，石径落霞红。
碧水环前苑，鲜香萦佛宫。
焉愁归路晚，明月照西东。

瘦西湖

柳浪扑诗怀，桃花朵朵开。
红桥横野甸，白塔映箫台。
引鹤邀明月，约梅醉杏腮。
水云平概处，点点燕舟来。

淮上个园

霁止水流潺，名园笼翠烟。
雨轩含胜概，水榭弄歌弦。
秋岭云光里，春山风月边。
竹西佳处在，淮上一壶天。

东关街

长街汇众芳，慕顾到维扬。
比比非遗店，芸芸小吃坊。
家家吆特色，处处沐鲜香。
且快空颐朵，欣欣夜已央。

二十九、山阴路之恋

春笼山阴

草色青青嘉树肥，家家篱落绽蔷薇。
人闲轻踏山阴下，直觉心花随梦飞。

山阴路上的夏天

夏雨飘飘流水潺，离歌一曲出东山。
于今多少青春梦，犹在山阴绿树间。

小广场

一若扬帆小画船，袖珍广场坐山巅。
儿童放学纷纷至，胜似春莺飞满天。

大广场

欢声笑语绕山腰，拂面垂丝舞俚谣。
桌桌棋牌邀旧友，梧桐树下涌银潮。

美术馆

华筑堂堂万绿中，篱墙竹影卧桥虹。
一花一草春常驻，岭上吹来文艺风。

省见义勇为基金会

崇善之门向日开，褒扬义举垒高台。
菩提根植山阴路，玉露清风济济来。

梧桐雨

茶约萧辰三点后，碧霄朗朗白云悠。
微风吹落黄金雨，千米山阴一目秋。

山阴秋韵

秋雨秋风秋海棠，飘飘落叶送清凉。
谁家鲜果红枝蔓，一路娱心一路香。

山半人家

踏看秋山问好茶，石蹊那畔几人家。
西风初染篱边树，恰见林隈一抹霞。

三路公交站台

路口车流不尽来，探询三路几时回。
南师学子微微笑，斜指前方那站台。

夹道院落

几多院落路西东，澹澹轻烟秋色朦。
拾级归来闻鸟语，沐香沐月沐微风。

骑行小卖

斜晖缕缕过阳台，吆喝如歌蓦又来。
酒酿元宵盐水鸭，令人胃口瞬间开。

冬日即景

那日云低乱絮扬，山阴路上白茫茫。
学童归晚川流过，人气依然旺竹冈。

诗和远方

诗痕遍地一林丘，汉口姑苏风韵流。
①天目匡庐连剑阁，②仙霞飘处逛扬州。

注：①、②汉口西路、苏州路、天目路、匡庐路、剑阁路、仙霞路、扬州路皆与山阴路相交相通。

山阴之恋

一路霜丛一路黄，万家烟火夹秋芳。
晓行夜宿山阴里，权把金陵作故乡。

三十、洋河十六景

美人夕照

淙淙泉水流，泽润酒乡畴。
夕照粼光闪，梅香最婉柔。

镜泉叠浪

灵湖平似镜，梅女伫阳滨。
乍现烟波起，朦胧一美人。

翠竹弄雪

漫天飞六花，玉竹一望斜。
能解行人意，林西有酒家。

柳阵贻香

新绿锁春光，泉边花事忙。
津涯扶细柳，驻足嗅醇香。

小有洞天

皓月湖心嵌，梯桥烟水含。
洞天今望有，何必下江南。

画檐拂晓

东陆晓光晶，云边紫气萌。
画廊苏好梦，笑把旭晖迎。

月悬亭晚

把酒古云亭，新诗向月吟。
轩前观一角，沉醉客人心。

糟坊仙踪

雾里看周宫，闻香酒曲浓。
欲邀明月醉，今启旧年封。

灯酒忆古

时光任逝流，风雨度春秋。
百载山泉忆，朝朝对酒讴。

黄杨画天

影现黄杨老，函藏作地标。
仰天晴碧阔，十里画多娇。

雀闹飞檐

庭外竹沙沙，飞檐传噪哗。
流莺鸣晓色，紫燕出新家。

斜阳返影

大海涌滔滔，洋河逐浪高。
竞舟归夕影，追梦乐陶陶。

清涛黄河

黄河忆宿迁，大野水涟涟。
夺路汪洋去，遗踪载酒船。

古驿蹄急

芸芸客四方，寄讯在途望。
古赖蹄声急，今依网上忙。

云栖古宅

清露润桃林，熙光老宅生。
白云栖屋脊，树下听蝉鸣。

书中剑影

罗家思立品，星月对黉门。
戒尺依然在，悠悠民族魂。

三十一、江风海韵漫吟窗

福地南通八绝

纺织之乡

唧唧机杼织罗纨，恰是仙娥奏五弦。
路带联通寰宇小，云裳万里共婵娟。

建筑之乡

支云塔臂钓星河，百万雄军向宇歌。
鲁奖年年频笑拥，层楼巧筑比三峨。

教育之乡

福地崇川楼万丈，金汤固锁是黉堂。
满园桃李闻天下，市闾乡间飞凤凰。

体育之乡

笑看横空十米台，濠滨小将展英姿。
那年奥运南通日，万户千家把酒筛。

长寿之乡

海韵江风长寿码，绿阴半岛最宜家。

江皋自古赢天泽，四世同堂讶九霞。

文博之乡

千载通州澄水拥，一城华夏唱先风。
遗珠串串濠滨落，恰似繁星嵌碧穹。

平安之乡

青皋幽径任回旋，午夜闲游亦泰然。
和畅满城喧笑语，安居乐业在崇川。

新侨之乡

江东儿女爱经商，露宿风餐走四方。
异域常逢桑梓客，迢迢万里话家乡。

登紫琅山

江畔山林闻鹤笙，琅峰登顶恰新晴。
长河莽莽虹桥落，沃野苍苍逵道横。
先杰诗文合景色，大慈惠爱洒云英。
谁人敲响鸿钟阁，悠远萦回到五更。

大美崇川之那山

琅峰夕照笼轻烟，归鸟林柯济济然。
江上渔舟争唱晚，岭前风笛奏篱边。
支云一剑苍穹破，卧浪三虹彩练悬。

目送涛声沧海去，山鸣谷应弄诗弦。

大美崇川之那水

千年濠水绿如蓝，夹岸春光玉树环。
婷柳依依亲细浪，画亭列列眺群山。
星罗博苑争青眼，梭织兰舟闹月湾。
是夜彩霓流十里，几家抛泊竞开颜。

大美崇川之那园

闲隔城中车马喧，熙光倾泻啬翁园。
春江泛绿飞虹彩，秋岭披红印雁痕。
一众花廊迷粉蝶，千重林浪没烟村。
溪亭小坐生诗意，归去依依绕梦魂。

大美崇川之那岛

水天一色烟波渺，江渚开沙步步娇。
四季时鲜诞异客，万全堤障扼狂潮。
老翁闲坐观云鹤，童子欢奔甩水镖。
觅尽崇川山海地，一方绿岛最逍遥。

大美崇川之那桥

才羡层涛贯巨龙，又惊彩练舞江东。

立交堪比蜘蛛网，高架齐平雨霁虹。
桥畔云楼城炫色，车前广道客乘风。
难忘天堑南郊隔，昔日“难通”今畅通。

大美崇川之那塔

江皋三塔碧天擎，濠水琅峰辉景生。
画栋雕梁传燕语，飞檐翘角引风鸣。
晓临迎见花千朵，暮至延望第一城。
应恋乡关风物好，几回环匝踏春行。

五山新咏

五山遍阅四时中，美景鲜和往日同。
天堑虹桥流锦色，云端银燕舞雄风。
晴川浮碧楼千丈，广道环城花万丛。
归雁迷途频发问，此间是否大江东？

过苏通大桥

驱驰沪上饮霞杯，途路津桥仰巨桅。
千索高悬飞紫汉，万舟逐浪竞头魁。
车流潮涌湍湍去，风信和融沓沓来。
东逝大江无堑险，苏杭观景一朝回。

城隍庙元夜

又值一年新岁到，濠滨永夜闹元宵。
祥云绕阁仙庭降，瑞彩飞檐华汉摇。
火树画船骈叠叠，车流人海望迢迢。
旧山故侣遥同我，斜倚桥头望碧寥。

南通站

四望江山万里遥，崇川福地欲升超。
大鹏振翅圆佳梦，长浪扬帆向远霄。
午发申临京市口，妍谈笑看浦江桥。
又兼地铁连城郭，准信鸿飞衔锦标。

南通鲜花小镇

佳景盈盈城郭东，韶光独具悦青瞳。
曲桥流水纤纤柳，花海梯田细细风。
异国旋车呈远韵，乡关美墅透和融。
新人对对留佳影，彩蝶纷飞灵卉中。

南通森林野生动物园

通刘路畔野情稠，殊异风光盈眼眸。
观虎雄威惊豹勇，听鸿私语赏莺啁。
沙飞荒漠驼铃脆，日映高原马背柔。
半晌亦能游八宇，千禽百兽一程收。

南通花桥园艺场咏兰二首

其　一

未识兰园先识香，万株媚世寓玻房。
群桅举帜亭亭立，诸蕊含羞淡淡香。
青墨疏描辉室宇，佳人幽佩丽云裳。
浮华不屑甘澄穆，常嫁吟堂伴浅霜。

其　二

高天骤冷带萧凉，怎奈幽兰肆吐芳。
直有涧边添秀色，应知庭外满诗囊。
骚灵犹拭衡湘泪，显妣含怀梓里霜。
且把余生耘九畹，秋来春去雁行行。

注：显妣大名金兰，见物思人，不禁潸然。

五色如皋——绿色生韵

雉皋望处绿婵嫣，百卉飘香莫不然。
东镇千村盆弄景，西乡九陌树参天。
林柯曳动名园水，车棹归移花市鲜。
泓碧绕城栖鸟雀，街头巷尾可潜仙。

五色如皋——红色毓秀

高沙百里说峥嵘，岁月难忘先烈功。
声迹如珠标巷野，残阳似血哭元戎。①
应思反剿赴汤苦，更念除篱浴火红。

致得山河春永驻，江皋代代祭英雄。

注：①元戎本含大军、主将、统帅等意思，这里代指中国工农红军第十四军军长何昆烈士。

五色如皋——银色呈瑞

古有乾隆千叟宴，今看皋陆妪翁欢。
民风淳朴家家睦，习性清恬路路宽。
萝卜黄瓜三晌备，聊天闲步四时安。
观颐何不来江左，暮暮朝朝在玉峦。

五色如皋——古色溢香

古邑迢迢历百朝，长河璀璨瑞光韶。
中原神韵依然在，吴越风情遍地昭。
雅士文人星灿烁，云门大院影迁摇。
悠悠雉水邀明月，浅醉城垣听洞箫。

五色如皋——金色流光

策马扬鞭又遇秋，题名高榜摘头筹。
乡关望远连金浪，城肆徐行随韵流。
谷库丰登繁市井，科园林立弄潮头。
画图千卷吟难尽，欲借澄江润玉喉。

水绘园漫题二首

其　一

曲径回廊一目雍，香林妙隐忆襄公。
隽才梦断秦淮里，佳丽缘循雉水东。
邀月对樽诗累牍，聘兰说净曲无终。
风荷桥畔依然绿，花蕊何如旧日红。

其　二

玉带环园文脉通，雉皋青史蕴其中。
崇文尚教传家训，聚雅希贤气自雄。
百岁人生嘉彩盛，千年花树绿荫蒙。
逢春古邑龙头举，倒海翻江驾好风。

如城东大街即景

闲品清茶聚小仙，瓦松蒿草是遗妍。
河街老井成长忆，名苑蓝桥入雅篇。
荷盖生花香度柳，鸟笼争唱曲浮弦。
条条巷陌余痕旧，一路行寻一惬然。

题如城定慧寺

黉宫斜对古僧门，雉水城濠望静尘。
槛外垂杨飘亦肃，院中古柏拙而神。
炎凉下界风衔雨，起落人生果带因。
南北禅扉香火夜，星空寥廓月一轮。

游如城灵威观

闲游古道观，绘水起微澜。
嘉树润青露，明霞照紫坛。
烟氛香泽处，仙韵雅风漫。
归路残阳外，云边飞彩鸾。

江皋漫行

金秋沐惠望西乡，胜日形图羡四方。
江岸陌阡铺广道，村中茅屋筑洋房。
篱墙小院人开眼，锦簇花团风送香。
百姓安宁祈大顺，源头匡济水流长。

西乡秋游

秋光晴好胜三春，放眼西乡捷报频。
雁过野林疑忘路，车行大道欲迷津。
家家笑饮杯中月，户户欢承梓里亲。
乐享福庭思近祖，初心依旧作农人。

过如西

轻车飞驾过如西，流彩秋光人醉之。
稻衍膏田金灿灿，枫摇行道影熙熙。
珠楼耀眼炊烟袅，铁马迎风汽笛嘶。
何故村家鸣礼炮，原来翁妪庆期颐。

栟茶古镇

长街远客两悠悠，风物如嫣画里游。
海韵满盈润沃野，江风半壁送清柔。
酒旗墙外深深巷，藏馆篱边汩汩流。
自古皋东多胜迹，苍天不负拓荒牛。

荷乡人家

荷盖郁葱葱，风摇点点红。
晴光牵藕实，暗柳响蝉虫。
阿爸开颜笑，闺妮燕巾蒙。
轻舟移碧伞，明朝卖莲蓬。

观青墩遗址

水乡何处根，屈指数青墩。
远古非神话，方今可叩门。
稻香余旧馥，玉斧滞残痕。
昨夜星辰在，桑田又一村。

春日作客江淮文化园

莽莽江淮披曙霞，凤山宝地尽柔嘉。
春风一院筛杨絮，碧水盈池摇日华。
守望青墩朝接暮，承迎雅集酒和茶。
东来紫气熏乡客，红豆杉前听鹤车。

圆陀角逸歌

江腾万里汇圆陀，三水相融掀巨波。
海角日升铺绚彩，山皋霞落布香罗。
遥望沪上雄风展，近览尼斯丽景多。
依旧涛声东逝去，青空独对百年歌。

临江仙·夜游濠河

十里濠河星月夜，游人醉向蓬阆。兰舟轻发卷帘望，曲波摇炫彩，桥影舞霓裳。　千载护城恬不语，遗痕见证沧桑。峥嵘岁月印鳌坊，崇川真福地，顺水顺风乡。

采桑子·渔湾

棹行野渡云光里，菱紫荷香，水浅鱼翔。葭苇绵绵绿画廊。　忽闻小曲渔家唱，悠远清扬，欲醉甜乡，雀步归来卧北窗。

踏莎行·海上迪斯科

黄海滨涯，青滩延亘，物丰地广凭驰骋。一鲜天下客尤欢，亲临踩获方收兴。　扭动腰肢，巧施脚劲，挥挥双臂摇摇颈。忽而文蛤出沙滩，俯拈笑把归潮听。

浪淘沙·启东黄金海滩

黄海望迢迢，浊浪滔滔。白帆几点漾漂漂。鸥鸟翱翔云水处，甚是逍遥。　　涂上不清寥，游客如潮。欢声盈浦竞喧嚣。疑是龙宫陈盛宴，一片淘淘。

南乡子·启东碧海银沙

江北觅银滩，恒大圆陀碧玉湾。如此蓝天融水色，奇观！海韵江风倍爽然。　　阆苑墅连肩，四季花香鸟语甜。观海凭栏能揽月，神仙！美景赢来沪上馋。

行香子·乐百年小镇

足踏秋光，曲意徜徉。极目处、大雁南翔。小楼抱竹，枫叶遮墙。有鱼儿肥，枣儿脆，酒儿香。　　篱边肆芳，周遭嫩凉。蓦然间、村笛悠扬。循声张望，百度千寻。在林之隈，园之畔，水之央。

国香·瞻紫石故居

一度蒙尘，历经风雨洗，今又逢春。青砖粉墙烟瓦，古朴天珍。步入中堂四顾，叹幽雅，独运班门。蟠龙举华盖，世纪高兰，迟景怡人。　　尽忠持抗战，故人谙大义，节比青君。率先垂范，声讨倭寇违伦。疾呼多方贤士，聚乡关，共拯乾坤。斯魂岂长去，瞻览遗居，酹酒盈樽。

三十二、濠滨拾景并序

濠河，迂回曲折，延绵十里。呈倒葫芦状环抱国家历史文化名城南通老城中心。形成“水抱城，城拥水，城水一体”的独特风格，素有“江城翡翠项链”之美誉。濠河两岸林木葱郁，景观云集，亭台塔榭掩映林间，画舫游艇荡漾水中，是融自然景观与人文景观于一身的环城敞开式5A级国家风景旅游区。濠河濠河，如诗如歌；濠河濠河，长绿长流……

绿地探幽

嘉木入云端，奇花倚栅栏。
舟横桃叶渡，人步白沙滩。
鸟啭撩清露，风吹撒晓寒。
晨光摇曳处，溪水正追欢。

五亭邀月

西涯有五亭，佳境甚瑶城。
烟岸青杨舞，荷间曲水滢。
风柔花更艳，云淡月尤明。

夜夜邀君酌，悠悠动我情。

画楼映红

小筑复玲珑，遥波连学宫。
琴鸣莺恰恰，茶语客融融。
风过风荷静，霜临霜竹葱。
海棠依旧好，日日映楼红。

柳岛泛浪

滨水一仙葩，芳邻近酒家。
青波迎白鹭，绿浦接红霞。
烟笼垂杨外，歌生阴岸涯。
晨昏谁泛浪，情侣逐星槎。

塔影扶波

青川幽韵稠，天远白云悠。
兰渚花千树，琼涯云万楼。
塔悬明镜里，影在画中游。
纵有林泉约，何如棹燕舟。

博苑泊舟

风轻摇翠柳，博苑倚丰柯。

九曲流甘水，三桥放恋歌。
云蒸追白鹤，舟泊捉青螺。
瞳影花间动，飞红随逝波。

西园望荷

天高悬艳阳，西寺郁苍苍。
迟顾莲池碧，深闻花苑香。
枝头飞紫燕，水面戏鸳鸯。
遥夜天边月，依然照柳塘。

金鳌出水

金鳌海上来，江左玉潭开。
得句桃花雨，闲吟月影台。
祥流环古阁，美酒醉霞杯。
但愿今宵烛，翩翩舞曲隈。

北阁披霓

一水亮晶晶，霓光浅底沉。
银花开两岸，金树照千邻。
高阁清香远，长轩情侣亲。
阑珊灯火外，月色笼伊人。

滨道听莺

冬去余寒浅，濠滨花木妍。
紫藤爬石岸，青苇茁涯边。
鱼跃腾微浪，莺啼拨细弦。
旧游何复忆，脚下走春天。

中卷

异域风情

三十三、印象俄罗斯

过伯力

杏月依然残雪稠，[①]远东伯力冷飕飕。
行中犹忆清前迹，不禁缄情泪水流。

注：①伯力位于黑龙江、乌苏里江两条河流的汇合处，地理位置十分重要。清咸丰八年（1858），沙俄派兵入侵伯力。两年后，根据沙俄强迫清政府签订的不平等条约《中俄北京条约》，伯力及乌苏里江以东至日本海的广大地区割让给沙俄。此后，沙俄改伯力为哈巴罗夫斯克。

步红场

朔风披拂春来晚，红场萧寥瑟瑟寒。
浮想连连吁往事，焉知贞魄可绥安？

宿宇宙大酒店

一弯新月落人间，相遇冰城享等闲。
疏梦醒来晨霭郁，身临宇宙似乡关。

游克里姆林宫

林木葱葱日影斜，金城华筑一望赊。
称王钟炮惊嗟见，更有奇珍撩眼花。

访全俄展览中心

嘉林掩映百珠楼，金穗喷泉飞碧流。
乐见华商传笑语，几多梦想他乡酬。

参观莫斯科地铁

千回百转地之央，过站瑶颜使醉狂。
试坐一程追影去，归来向晚沐西阳。

麻雀山远眺

极目寒天云霭轻，黉门风景寸眸迎。
青春倩影茵茵上，伴听晴河流水声。

瞻二战胜利公园

三棱利剑插云层，泉柱迎阳溅血痕。
胜利号声犹震耳，直呼盛世斩阴魂。

逛古姆商场

古姆繁华尽望中，八方顾客兴匆匆。
琳琅精品赢青眼，惜叹吾辈囊里空。

谒新圣女公墓

坟碑巧艺沐风霜，尘海重阴两渺茫。
多少名流归宿地，留于后世共观光。

莫斯科至圣彼得堡列车上

依乘班列启新程，暮色弥漫白桦林。
长笛声声惊好梦，已闻涅河泛清音。

临冬宫

涅瓦河边泛宝光，珍奇绝世一宫藏。
流连不觉身何处，惊听钟声报打烊。

经涅瓦大街

早闻圣市有瑶街，水色天光迎面来。
华筑连连河畔矗，名人故里雪皑皑。

登“阿芙乐尔”号巡洋舰

一声炮响震冬宫，十月狂飙红色风。
百载春秋昭伟绩，涅河跋浪唱英雄。

望彼得保罗要塞

隔河遥望景朦胧，要塞高墙隔晚钟。
寒水粼粼空对月，云烟绕郭几重重。

至夏宫

茂林深深掩离宫，百态泉喷别样虹。
二战无情摧炮火，重生海浦又临风。

三十四、西欧行吟

古罗马斗兽场

蜚声寰宇两千春，半壁残垣势尚存。
昔日辉煌沉史海，文明古国览余痕。

万神殿

碑扶云碧坐前庭，穹顶无双见匠心。
米氏神来天外笔，风霜千载比雕金。

圣彼得大教堂

欧西圣殿若星繁，唯尔超群唯尔尊。
气度恢宏平帝宇，礼装奢绮步仙门。
高冈晓世明珠闪，巨筑扬光灵慧煊。
四海游人潮汇涌，袖珍国里阅乾坤。

米开朗琪罗广场

阿河对岸眺名城，红筑齐峰云景生。

大卫雄姿回首望，犹瞻文艺复兴旌。

古罗马遗址

风雨两千年，遗存一目阗。
废墟藏霸业，旧绩伴哀弦。
神庙依然在，王朝史海湮。
艺文今古好，兴替总延绵。

维琪奥老桥

一桥飞驾贯双宫，良匠盈廊市肆宏。
玉佩珠环迎目展，古街古铺仍欣荣。

斯福尔扎城堡

喷泉古堡说沧桑，权贵当年何炫煌。
代代浮华终逝去，只留艺苑悦群方。

比萨斜塔

春秋八百貌如初，可敬伽翁敢问途。
天下迷津多少事，苦心求索总知乎。

圣马可广场

双柱高崇刺碧云，随行白鸽似家丁。
华庭弥望丰奢漫，欧陆迎宾第一厅。

叹息桥

一声长叹似哀号，生死茫茫向水牢。
传说恋人桥下吻，爱河永浴乐陶陶。

威尼斯大运河

艺廊常在韵常流，万户千家泊扁舟。
稀世名街安水上，几多往事几多愁。

穆拉诺玻璃博物馆

花式千姿可乱真，斑斓耀眼动心神。
巷深酒好何来寂，自引芸芸海外人。

埃菲尔铁塔

几回梦里欲登攀，夙愿今圆塞纳湾。
极顶临风披襟立，茫茫云海望家山。

凯旋门

众星簇拥凯旋门，香榭瑶街粉气盈。
艳卉丛丛芳四溢，无边浪漫在花城。

卢浮宫

谁营琼殿落花都，万宝盈藏气象殊。
一览珍稀开境界，如痴如醉到瀛壶。

巴黎圣母院

文豪椽笔扣心弦，朗朗钟声动皓天。
放眼西堤繁丽处，浮华十里亦安然。

凡尔赛宫

一砖一瓦惹人迷，放逸豪奢堪炫奇。
环顾周遭疑入画，远山近水总相宜。

塞纳河畔

河畔林丛罩紫烟，宫门院塔串珠连。
香飘左岸咖啡屋，云淡风轻朗朗天。

塞纳河泛舟

棹唱晴川画里行，丽宫嘉木水涯迎。
能圆一场花都梦，不负韶华不负情。

香榭丽舍大街

迷风香气淌街头，奢品云云数一流。
千觅万寻思采买，腰包空鼓惹人愁。

协和广场

扬眉又见凯旋门，十里香风吹客魂。
云举方碑光影里，协和万象靖乾坤。

尼斯天使湾

海山一色接蓝天，几处飞舟泛白烟。
鸥鸟翔回撩泳客，沙滩嘉木共怡然。

尼斯道中

碧空万里鹤云孤，七彩层林映翠湖。
旅者漫行澄练上，天生一帧踏歌图。

摩纳哥公园

地中海甸枕烟波，作帐青山卷翠罗。
信步闲吟天苑里，涛声阵阵伴云歌。

萨尔茨堡老城

莫公故里秀芬葩，古堡森森藏妙华。
呼去吸来皆乐谱，瑶堂佳趣带回家。

金色大厅

金色华厅美誉扬，大师手稿个中藏。
一年一度迎新会，经典珠连动万方。

布鲁塞尔大广场

欧洲最美市城厅，华筑千姿竞纷呈。
身置若临中世纪，于廉见睹不虚行。

滑铁卢古战场遗址

狮山之顶眺诸方，草木深深蔽土冈。
铁马金戈声远去，春秋二百刻兴亡。

柏林墙

早年横卧两邦间，黎庶思通望却难。
统后如今成一景，回眸往事路漫漫。

胜利纪念柱

华灯似海泛鳞光，一柱雄标导夜航。
乘兴扶栏登顶看，女神偕我醉殊乡。

罗马贝格广场

美因河畔落瑶轩，五彩缤纷斗妙妍。
身在异乡游胜境，直呼童话一壶天。

白金汉宫

威严碧殿盖遗闻，不爱江山爱美人。
如许艳情成绝唱，唯留宫邸矗芳茵。

大英博物馆

蕴藏宏富闻天下，万象包罗有口夸。
凝看神州稀世宝，兴如止水绪如麻。

温莎城堡

伦敦西去访温莎，古堡崔崔屹水涯。
风雨经年犹伟岸，一桩佳事感千家。

伊丽莎白塔

标塔雄奇久慕名，今圆夙梦到英伦。
悠扬深邃钟声响，海角天涯共此辰。

伦敦塔桥

横空出世两皇冠，一若长虹挂碧寒。
廊道步闲观市景，风生脚下走云端。

三十五、北欧风情

弥漫音乐元素的西贝柳斯纪念碑

枝叶扶疏花丽容，丰碑耀眼自生风。
击琴应是玄天客，流水行云惊旅鸿。

挂满藤蔓的岩石教堂

一帘赤蔓山前挂，岂晓其中掩秀华。
弥撒酣歌宜两可，教堂总总有谁家？

古老神秘的芬兰堡

芬兰湾外怒涛生，要塞雄关护朔庭。
远去硝烟曾记否，普天之下不安宁。

浪漫的波罗的海邮轮夜行口占三首

其　一

长空夕照瑶波上，澄海茫茫泛九光。
邈邈青山浮野廓，白鸥点点引楼航。

其　二

犹作嘉宾在紫庭，倚栏观海酒三巡。
赏心最是天边月，乡梓迢迢共一轮。

其　三

梦醒时分万物苏，临窗举目入丹图。
风吹绿渚红轩现，疑在淳安千岛湖。

没有围落的斯德哥尔摩市政厅

既无围落还无警，闲步周遭享静宁。
标季瀛寰皆翘望，达人岁岁会蓝厅。

穿越时空的瓦萨沉船博物馆

水底藏身三百年，千呼万唤见蓝天。
悠悠岁月随风去，几度秋烟笼海田。

展现百态人生的维格兰雕塑公园

淙淙流水绿如茵，阳彩金装雕塑群。
自古人生难悟透，为谁尚武为谁文？

雪山之巅的霍尔门科伦滑雪台

高扬巨臂向青天，朵朵祥云映雪前。
滑雪先河开此处，八方健将竞翩然。

长堤沐风的小美人鱼铜像

静怡闲雅坐长堤，几许游人欲献诗。
海的女儿休悒郁，终成眷属有佳期。

写满诗行的新港

七彩珠楼两岸迎，一花一木总关情。
文人雅士蜚声远，尤以安徒最著名。

有故事的盖菲昂喷泉

抵角躬身拉铁犁，烟生泉响见彩霓。
西兰琼岛如斯造，母驾长车儿奋蹄。

仰望星辰的安徒生铜像

名城雅韵尽骈阗，童话先师绘锦篇。
游客怀城仪敬仰，千秋椽笔动心弦。

童话世界里的冰岛蓝湖

云波烟岸黛崖间，一水温泉一水蓝。
朔雪飘然山外事，恍如身在杏花潭。

长卷千里的一号公路

千里环游景串连，风吹苍莽笼青烟。
天寒日暮归途去，一路诗情向晚边。

银河落九天的黄金瀑布

湍流滚滚入沧渊，万缕金光透紫烟。
遥望冰川连极际，曲隅海角落壶天。

千古神奇的盖锡尔间歇喷泉

银柱喷腾百丈高，金飞玉撒愕多娇。
春来春去无穷尽，如画如诗如瑾瑶。

诗情浓浓的特约宁湖

粼光闪闪洞天舒，逸兴闲游鸭子湖。
彼岸绿林扶雅筑，随波禽鸟点珍图。

直插云天的雷克雅未克大教堂

支分天地管风琴，数年含辛终落成。
北大西洋云水阔，弦歌回荡伴涛声。

三十六、美洲掠影

多伦多电视塔

青空刺破翠微前，且自扶摇亲日烟。
漫步云间回首望，多伦塔下水如天。

多伦多尼亚加拉大瀑布三首

其　一

九天银汉亦思凡，落入殊乡不复还。
纵有天公传敕令，我行我素寓人间。

其　二

悬流夜昼吼声鸣，岚雾直趋星汉滨。
挤入塔楼环目顾，千重骇浪万重银。

其　三

至临巨瀑倍嗟惊，沧海狂涛犹觉轻。
抛却林林身外物，尘心荡涤始晶莹。

卡皮拉诺吊桥公园

一园嘉木可参天，栈道凌空百丈连。
每忆此行常乐道，秋千荡在水云边。

加拿大广场

遥观舟舰欲开航，五片云帆正展扬。
拂面海风吹省忆，巡回世博铸辉煌。

煤气镇

一行慢踏旧时街，古朴尘情扑面来。
更羡钟声蒸气发，沉迷心醉笑颜开。

伊丽莎白女王公园

雪岭蓝湾在望收，奇花异木染双眸。

平生恨不生双翼，岁岁年年到此游。

狮子门大桥

望中彩练入云门，狮子山幽筑九楹。
闻道贪官藏此地，恢恢法网梦魂惊。

华盛顿纪念碑

绿草如茵环琬碑，晴空亦有乱云飞。
地标何以从清简，自有评诠论德威。

国会大厦

森严壁垒看高衙，典雅端庄掩垢痂。
貌似寰中人注目，天堂自古镜中花。

反思池

满泓碧水满泓云，半面开晴半面阴。
鼓棹逆行愁似海，一池岂纳反思心？

联合国总部大厦

和风招展万邦旌，丽日怡颜四海人。
宇内和融怀夙愿，何时安众乐天伦？

自由女神像

远涉重洋访女神，天风劲厉霁云轻。
灵光炬火无中有，嫁错萧郎枉盛名。

第五大道

踏金踩玉逛天堂，满目生辉耀九光。
极尽奢华当翘楚，名扬天下翠红乡。

哈得孙河

女神远迩望中行，一睹魔都坐水滨。
更愕虹桥千百种，平生慨叹几回巡。

曼哈顿天际线

风轻云举见鸥翔，玉宇琼楼连帝乡。
道道虹光飞乱色，万殊蜃景触西洋。

水牛城尼亚加拉大瀑布三首

其　一

水牛城外驰名胜，巨瀑奔流诧万君。
圆就五洲游客梦，乘风雀跃上层云。

其　二

逆水舟行向紫烟，悬河浩荡撼心弦。
岚中少女婷婷立，宛若仙姝下九天。

其　三

风岩独立仰飞流，落玉飞珠无意收。
交响雄浑催万马，不惊不乍数沙鸥。

好莱坞环球影城

天宫穿越到龙宫，梦幻玄奇各异同。
直立汗毛心胆悸，几回喜乐几回疯。

好莱坞星光大道

星光熠熠照名都，迷醉芸芸众影徒。
艺海深深深几许，花花世界一呜呼。

如梦令·拉斯维加斯（四首）

其　一

是晚华灯初照，恰似瑶宫缥缈。物欲正横流，狂梦哪知多少。拉倒，拉倒，打道返回宜早。

其　二

妙乐应合天籁，谁舞芭蕾风采。轻雾映霓虹，妩媚百姿千态。无奈，无奈，此景此情不爱。

其　三

舟泛运河游漾，悦耳美声高亢。举目向天空，云碧斗移辽旷。心爽，心爽，随意咏怀流畅。

其　四

仪表亮鲜光丽，体内饱藏千忌。财富满身来，一夜赤贫如洗。愤意，愤意，罪恶之城绝配。

巴拉德罗海滩三首

其　一

天高云碧物华中，炳丽悠阳一抹红。
海韵窈然加勒比，绵绵滩岸沐椰风。

其　二

细沙抚背望长空，云絮悠悠共旅鸿。
万丈雪涛狂卷去，沉浮帆板向高穹。

其　三

毕竟隆名大宇中，茫茫天际浪千重。
老人与海垂青史，笑看春秋和夏冬。

哈瓦那兵器广场

红棉玉立曳风弦，国父凝眸看变迁。
云缕书香迷一众，闲情信步最安然。

哈瓦那海滨大道

钓翁逸兴斜阳里，万丈狂涛心不羁。
鱼起惊摇情侣梦，惬怀过客笑嘻嘻。

莫洛三世城堡

古风扑面看桑田，肃穆庄严堪凛然。
要塞遗勋焉可没，新功续建引航船。

朗姆酒博物馆

浓醇朗姆沁心田，回味时分倍渺绵。
难怪酒徒贪这口，谁人忌作饮中仙。

革命广场

疾风呼啸过雄碑，鼓角犹闻劲急催。
气势恢宏奔万马，大西洋上响惊雷。

哈瓦那旧城

风情别样老街途，市井人家宛若初。
入目丹青凭写意，世遗远韵炳诗书。

耶稣山二首

其　一

祥风助我上高冈，秀水明山开寸肠。
高碧远天连海际，望中一片白茫茫。

其　二

展怀拥抱大西洋，天地玄黄叹未央。
轩伟耶稣扶里约，桑巴一曲誉佗乡。

糖面包山

客来天外遗鸿宝，沧海横生大面包。
里约热忱随处见，三餐丰盛有佳肴。

科帕卡巴纳海滩二首

其　一

景光独有逸名飞，雪浪银沙相映辉。
滩地缤纷流五彩，涛声依旧送帆帏。

其　二

新月弯弯沉海隈，排山巨浪显神威。
天涯望断乡关远，阅尽风光心欲归。

独立纪念碑

高悬利剑冷风飕，圣火熊熊炳春秋。
耿耿虔心昭百世，关山长绿水长流。

亚马孙河五首

其　一

津流浩荡扬层浪，百转千回入大洋。
万顷桑田谁哺育，大河缥缈水泱泱。

其　二

客舟闲渡在名河，玛瑙长图一览收。
绿野沃畴望不尽，启开胸臆任风流。

其　三

雨林深处泛渔槎，川渚孤烟向酒家。
泊岸闻香才落座，便尝野味看桑巴。

其　四

缘何访客蓦嗟惊，河水滔滔见裂痕。
泾渭双流成一统，奔腾直下海之门。

其　五

钓游水虎燕舟横，树隐朱阳百鸟鸣。
传说食人添悚异，争装勇士斗狰狞。

伊泰普水电站

脱缰野马遇生擒，高峡平湖丽景横。
妙手引流归电网，千家万户得光明。

伊瓜苏国家公园

长林丰草莽无垠，大水奔腾虹气熏。
瑞鸟灵猴尤自在，坐观碧落举闲云。

伊瓜苏河

仙姝项链落林湾，熠熠晖光万壑间。
吊坠嵌于疆域处，化为巨瀑缀人寰。

伊瓜苏大瀑布

闷雷滚滚下凡尘，未入园区先入神。
叠叠层层悬壑谷，绵绵渺渺跨邦邻。
素帘错落浮千彩，怒水滔腾泻万钧。
仙使殉情天地动，山河奔泪化遗珍。

圣地亚哥武器广场

霜天丽日一枚红，雅筑连连异国风。
更有艺人街面舞，百嘉和畅乐融融。

拉莫内达宫

时光细碎载迁流，聚焦惊魂在丑牛。
故地重修如旧迹，手工精品佐清游。

瓦尔帕莱索

排排村墅叠山城，色彩斑斓接帝庭。
顶上人家连索道，乘风欲去摘星星。

红酒庄园

葡萄美酒赤霞珠，未进山庄先见垆。
细品绵柔回味远，别情一片在行壶。

复活节岛

石雕人像久成谜，行色匆匆未猎奇。
世界之脐藏奥妙，玄机应是适天宜。

三十七、走进非洲

开普敦豪特湾

两山对峙拥名湾，小镇风情不厌看。
泊岸千桅成一景，佳肴美味惹人欢。

海豹岛

云航湾外裸岩礁，海豹芸芸逐浪潮。
憨态万千尤可爱，风长水阔任君陶。

企鹅滩

潜游碧海乐翻天，暖暖晴沙好憩眠。
人与企鹅融恰恰，西蒙小镇望欣然。

好望角

应天海岳渺茫茫，策马披襟踏四荒。
高碧疾风横力啸，遐方骇浪恣情狂。
浦鸥点点环双塔，掠舵危危贯五洋。

气象大千驰目了，乡关遥看万山长。

桌　山

雨帘如瀑桌山前，风起云腾心愕然。
未及峰巅观蜃景，应留夙愿梦中圆。

摩梭湾

邮筒斑斑覆绿柯，英雄殊绩印长河。
摩梭湾外山如故，新月滩头起浩歌。

花园大道

借取轻风骋海滨，无暇展目看苍垠。
湖唇倒映晴光好，山麓回环草色新。
岬畔碧涛摇艇子，村头烟墅隐佳人。
路行百里千般秀，聊咏诗图此一巡。

奥茨颂小镇

花园大道嵌明珠，驼鸟成群景色殊。
奥茨颂人开脑洞，不毛之地变丹图。

奈斯纳湖

悠尔闲云高碧翔，阅吾游涉水之央。
林坡旷奥藏红墅，津岸微茫着绿装。
烟渚畋渔迎访客，海隅鼓浪送归航。
桃源风物犹如许，喜看禽鸥浴暖阳。

乔治小镇

蒸汽火车圆旧梦，一程佳景叹无穷。
远天夕照西山外，情侣双双浪漫中。

内罗毕郊外

万里来敲乌木门，绿丛遍野馥熏熏。
一身疲惫无暇顾，先向山巅看白云。

东非大裂谷

伤疤镌刻地球村，万米高空可洞明。
古老东非云堑阔，神奇红土景风轻。
悬崖断壁连佳树，野鸟家禽共晓声。
凝眺山岚缥缈处，双双苍鹭向归程。

马赛马拉大草原

无垠大地草茫茫，稀树萧萧仍郁苍。

浊水奔流生野势，黑山横卧现洪荒。
气凝风静流灵火，虎啸狮咆争霸王。
犹记屏前闲况味，安知缘梦在离乡。

马赛村落

草原深处几人家，火种刀耕度岁华。
现代文明如隔世，听歌观舞在星涯。

奈瓦沙湖

西王金母泪离眸，成就人间景一流。
澄水迢迢连碧汉，幽屏翠翠隐津楼。
徐行湖畔疑眠梦，凝望天涯欲放讴。
风起青萍云水乱，归帆点点笛声悠。

沁园春·纳库鲁国家公园

莽莽高原，秀丽山川，蜃景逸群。举青眸远眺，灵湖如镜，草茵丰茂，广阔无垠。斑马徜徉，野牛悠尔，结队羚羊迓客人。尤惊喜，有千千红鹳，彤锦雕云。　　优优生态嘉闻，怎能不招徕四海邻。看芸芸万物，相谐共处，动宁各取，分外欢欣。喟叹忧思，寰中累见，几许林泉现斧痕。呼扬也，请留情手下，福泽儿孙。

三十八、遇见大洋洲

悉尼港湾大桥

雪梨港埠贯长虹，俊秀巍峨南澳中。
隔岸遥望歌剧院，几行白鸟掠青空。

悉尼歌剧院

碧海蓝天花万丛，白莲一簇绕烟鸿。
凝听似有笙歌起，惹得云帆舞信风。

悉尼奥林匹克公园

别离圣火几春秋，盛况如潮久滞留。
昔日群雄争霸处，消闲游客乐悠悠。

玫瑰湾

棕笋婆娑草似茵，粼光万顷接烟村。
谊园赫赫湾头坐，华夏文明天下尊。

邦迪海滩

沙岩岬角拥金滩，浪卷银辉排雪山。
对酒遥观天水色，游仙诗语写眉间。

堪培拉格里芬湖

喷泉一柱向青天，道道文虹似锦弦。
水岸林深鸣翠鸟，诗家愧叹少佳篇。

黄金海岸

金滩绵远贯天台，雪浪澄清万里埃。
回望椰风疏影下，日光浴客五洲来。

库克船长的小屋

绮幕青藤覆旧墙，遗痕无处不沧桑。
一砖一瓦情非浅，万里遥迁涉浩洋。

大堡礁

扶摇直上倚天云，俯眺瑶洲落九瀛。
最美珊瑚心状岛，阿谁浪漫表衷情？

百态珊瑚

无边彩塑落岩礁，熠熠生辉惊六鳌。
此地何缘名大噪，金戈银戟遏滔滔。

袋　鼠

石洞林丛度一生，夜行日宿性温存。
睡袋天就携儿走，忽忆殷殷父母恩。

考拉（树袋熊）

憨厚神形堪呆萌，熊科不属爱称熊。
栖身桉树贪甜睡，无愧浑名大懒虫。

墨尔本皇家植物园

奇花异木一园鲜，游沐春阳意畅然。
借取湖山留笑影，天鹅闯入镜头前。

墨尔本企鹅岛

一路车尘向海隅，烟涛迎面日沉西。
夜来轻风摇寒水，月照灵鹅过障堤。
苦爱朝朝归去晚，笃情眷眷举家栖。
呆萌容表丹心结，谁解其中万古谜。

奥克兰海港大桥

桅樯林立待追程，千米飞虹连九冥。
硕大蹦床桥顶设，玩家堪可摘星星。

独树山

草肥丘阜任牛羊，孤树垂荫千尺冈。
毛利遗存犹在目，蓦然回首见帆乡。

毛利族村舍

草房石栅旧炉台，原始风情扑面来。
欣幸临观哈卡舞，几回阔笑泪盈腮。

怀旺格火山谷

岚烟飘漾谷生花，山水林泉自靖嘉。
地热腾腾忱待客，诗痕一路到云涯。

奥克兰鸭子湖

万千禽鸟乐逍遥，山色湖光分外娇。
雕饰全无凭野趣，不输西子驻春韶。

几维鸟

岛国珍禽数几维，可怜退翅不能飞。
嘴尖腿壮尤赢爱，颠倒晨昏破晓归。

北岛道中随吟三首

其　一

借取晴柔追旅梦，一窗春色一窗风。
道中山水蓝天外，悠尔牛羊图画中。

其　二

似曾相识窗前景，在目丘原遍野菁。
乡梓遥遥三万里，如许天高风物清。

其　三

客乡一路画中游，笑语绵绵解困愁。
欲把远行留短咏，自怜楚楚作诗囚。

三十九、亚细亚览胜

东京浅草寺

一字排成工艺街，人头攒动八方来。
五重高塔风中立，传法庭轩门不开。

银　座

极尽奢华万国闻，珠光宝气望中盈。
夜来疑在银河畔，梦里天堂不枉名。

皇宫外苑

松翻林浪草铺茵，绿意绵绵托紫宸。
远却嚣尘犹世外，几多欢鸟迓游人。

二重桥

烟柳依依花吐红，天鹅泛浦乐其中。
双门桥洞铺苔藓，别样风光悦眼瞳。

东京湾

临风品海到东京，远韵珠连都市情。
迟暮夕阳天际挂，一望陶醉到归程。

东京国立博物馆

琳琅藏品乱双眸，国宝流离几百秋。
缕缕愁云吹不去，何时归主返神州。

上野公园

闲花竞放红蓝紫，荷盖丰容涨满池。
文化森林多创意，惜乎错过赏樱时。

富士山

霜云一朵笼青山，千丈孤峦映日寒。
纵有海天悬玉扇，珠峰脚下亦泥丸。

横滨山下公园

湖水清清花海连，飞红鸥鸟共翩翩。
渔村哪有初时影，山下横滨别有天。

横滨中华街

飞檐翘角古牌楼，华夏风情异域收。
美味充盈堪醉魄，能不思乡到通州。

横滨红砖仓库

百载库房言故梦，朝迎夕送海湾风。
华灯初上星光暗，闲步行人怀旧中。

首尔景福宫

北阙风流久失颜，应时丽筑傍青山。
似曾相识缘韩剧，光化门前见一斑。

明　洞

万户商家笑盈腮，客流多自九州来。
行囊满满归乡去，我有愁思枉费猜。

清溪川

广厦从中淌碧波，遥同天宇嵌银河。
临波触水横生趣，左看芦花右看柯。

青瓦台

汉江南望欲沉迷，草木深深叹惜兮。
青瓦台城风莫测，岳山高耸暮云低。

三八线

望断千山无意讴，香云簇簇枉迁流。
汉江浩荡烟波起，怎却人间万种愁。

曼谷大皇宫

雄标曼谷大皇宫，金碧辉煌神采丰。
藏尽暹罗华筑史，湄南河畔展芳容。

湄南河

泽沐熙阳泛棹行，异邦风物见纷纷。
船家为助游人兴，一路连播邓丽君。

芭提雅海滩

白沙碧海两茫茫，红墅椰林入画廊。
踏浪滩边盈笑语，恍如一梦在离乡。

金沙岛

波平浪缓却浮尘，绿岛金沙日日新。
携侣寻芳尤可意，听涛观海作闲人。

东巴文化村

万绿丛中访福乡，阜繁草木吐芬芳。
神奇大象通人性，穿越丛林不绕航。

新加坡鱼尾狮公园

狮城佳处惠风吹，王子寻奇犹可追。
浮泳千层平海浪，南洋拓土树丰碑。

裕廊飞禽园

西部禽园飞鸟众，五洲珍品共阳篷。
人间有爱祥和在，万类合家享大同。

圣淘沙海滩

望断晴初蓝海岸，椰风花韵共欢颜。
日光沐浴清佳地，应是聊无山外山。

马六甲海峡

商船点点浪中行，汽笛回环响耳轮。
自古要冲多险象，频生风雨布迷津。

迪拜哈利法塔

莽莽苍穹悬杵针，欲思登顶摸星辰。
又愁高处寒风烈，空望仙凡作睦邻。

帆船酒店

波斯湾外嵌瑶珠，风举帆悬惊五湖。
我亦佯佯装大款，搭乘夜色醉屠苏。

沙漠冲浪

金涛滚滚向天涯，悍马驱驰犹泛槎。
梦里不知余是客，迟留只为日微斜。

海滩晚照

夕晖尽染半天红，映衬帆船画卷中。
幢幢琼楼同一框，万家霓火压星空。

朱美拉清真寺

幽深廊宇百尘轻，色彩斑斓对广庭。
寺外云泉如浪涌，耳边犹听《古兰经》。

下卷

江左清音

四十、三秋竹枝词

其　一

皋原稀树网秋罗，云自闲舒雁自歌。
坐看松枫双入画，卧听乡笛起南坡。

其　二

金风轻拂碧云天，夹岸芦花盖柳烟。
小棹菱歌归晚唱，乡姑一笑一嫣然。

其　三

偏爱秋风偏爱霜，傲枝清气锁篱墙。
烟生碧露微寒起，流照黄花分外香。

其　四

入夜犹闻瓜果甜，清晖一泻照无眠。
细风无意惊栖鸟，只此萧闲到梦边。

其　五

囱渐升烟日渐斜，老夫归晚撷秋花。
夕阳最解相思意，欲把风情装满家。

其　六

秋月弯弯每婉柔，林林词赋爱清讴。
东坡一曲今犹是，依旧灵晖照九州。

其　七

雨霁云轻又暖阳，慕从北雁向南翔。
人生何不多留白，好放诗心去远方。

其　八

岁岁重阳今又是，白云欲浣坠秋池。
九华香泽登高处，归去欣然写竹枝。

其　九

萧瑟霜天不说愁，心宽方可弄晴柔。
秋风散入寒烟起，自在荷田一叶舟。

其　十

云播清露却尘埃，天上人间锦绣堆。
但怕嘉辰明日老，欲将秋色易盆栽。

其十一

一场秋雨一场寒，尚有金吹度玉栏。
润了霜禾润了土，飘飘洒洒送清欢。

其十二

桥头小憩望长川，梦远乡关落日圆。
寒色生烟芦荻白，江枫如火对秋年。

其十三

众香盈院暗徘徊，一度秋风今又来。
摇满粮仓摇满罐，农家带笑举觞杯。

其十四

秋深叶落雨萧萧，寄送寒衣十月朝。
消得哀愁何处醉，杏花村上酒旗飘。

其十五

坪亦枯黄水亦瘦，一池碧潋卧莲舟。
林中小径人行早，叶落纷纷听晚秋。

其十六

墟里篱烟花露浓，嘉粮嘉果喜登丰，
夜天静好星如雨，一枕寒香伴远钟。

其十七

十里芦花荡砾州，一行去雁过桥楼。
浪涛任便寒烟度，唱晚亭台又一秋。

其十八

暮秋时节踏西峰，如坠朝云华彩中。
石径尽头盈眼望，枫林霜晚接天红。

其十九

万里霜风天净沙，斜阳流水几人家。
门前坐看千帆过，那畔丹枫映晚霞。

其二十

月下清溪汩汩流，把盏小院意悠悠。
暗香寒韵怡天色，醉倒诗心醉倒秋。

四十一、冬日十雅赋

围炉夜话

月冷夜漫漫，围炉不觉寒。
笑谈前往事，乐享俗间欢。
烟火凝人气，闲情遂梦安。
浑家厨下去，星宇向更阑。

温酒小酌

琼露出川黔，严冬最可心。
林泉邀旧友，寒夜共知音。
把酒闻风啸，言欢听雪吟。

三巡人欲醉，一刻值千金。

烹茶会饮

芳茗一壶红，宣尝四大空。
诗意来几许，快意取无穷。
俗雅幽栖外，悲欢谈笑中。
窗前寒月冷，堂下沐春风。

踏雪寻梅

素素覆西楼，清晨闻雀啾。
幽香频暗袭，神韵兆祥流。
踏絮临南岸，依梅钓叶舟。
清寒风雅至，诗语上心头。

倚栏负暄

冬令照曦阳，悠哉沐日光。
凭栏望远色，尘念已相忘。
沉醉轻音乐，深尝坚果香。
云舒云卷去，浅梦入仙乡。

雅室清供

凛冬风飒飒，百卉尽凋残。

案几新橙供，厅堂香气漫。
水仙开几朵，雅韵绕千团。
神骨清欢也，超尘带笑看。

静夜焚香

野寒千籁静，月栉夜深沉。
一缕芸香暖，三合吉瑞临。
飘然书户下，浑觉惠风侵。
闭目思良久，芝兰潜入心。

岁余谛读

冬者岁之余，安然好读书。
孤灯犹觉亮，博览可消虚。
窗外琼芳度，心头诗赋居。
用时焉恨少，水到自成渠。

风雪夜归

梅蕊报先春，家山应掸尘。
疫情诚可恶，乡意更难泯。
翘首望长暮，凝心向大亲。
迢迢风雪路，不挡夜归人。

九九春望

雪残春恨晚，催绽一枝花。
绿水漂浮钓，红炉煮旧茶。
堂檐望紫燕，柳岸抚新芽。
万物苏冬去，山川又靖嘉。

四十二、随吟绝句一组

芸　窗

家有松窗向日开，书香缕缕压梅槐。
夜阑嚼得诗滋味，恰似春华入梦来。

小　院

庭院怡宁心自嘉，坐看流水卧看霞，
老来宜作清闲客，一曲新音一盏茶。

题　画

满屏春甸岫疏疏，几上青花似有无。
近看枝头飞紫燕，一声啼破小园庐。

珍惜和平

夜来风雨打窗棂，好似俄乌枪炮声。
谁说远方诗意闹，只缘家国爱和平。

夜　步

晚风撩拂绿杨柯，解酩闲游海港河。
新句轻吟穹碧望，一天星月笑呵呵。

阳春三月天

正是阳春三月天，小桥曲水柳含烟。
飞花总总难成令，但约唐诗共枕眠。

冬　奥

塞上风光分外娇，女神奕奕展华韶。
凌空翻滚轻如燕，惊得嫦娥折细腰。

赴 约

总把新元拂旧尘，而今年味只宁亲。
携妻共赴梅花约，唯有情真是故人。

宿熙南里

花格窗前见嫩红，马头墙仞伫星空。
悠情欲解何从对，饮罢香醪饮杏风。

夜游白鹭洲公园

春浦垂杨含月影，曲桥画舫少时新。
三山二水今安在，直向洲头读古人。

春日登狼山

万里春江万里雍，千重天籁没山钟。
临虚北望平畴阔，人在苏中第一峰。

小院春雨

借得春暄绽海棠，庭阶寂寂布幽香。
忽如一夜轻丝舞，晨旦吟观胭脂霜。

归里踏青

又见桃红又见樱，重重彩浪漫天门。
总闻花海荷兰好，不及西乡一个村。

乡梓晨练所见

轻烟缭绕小河塘，紫燕衔泥正赶忙。
春晓应人微雨过，软风吹醒野花香。

徐行网红村道

村东大道倚人家，侧畔垂丝蘸水涯。
物象应知寒食近，临风千树绽桃花。

春夜听雨

聚笼浮云闭晚晴，恁时风起未敲更。
烟窗遥夜萧萧雨，听取飞花三两声。

新农家

乡间小墅泊专车，上午耘田下午茶。
屋后堂前桃李杏，万千蜂蝶到农家。

暮中行

疏林曲水野岚熏，一径三湾散馥芬。
街舞霓虹撩月色，轻歌婉婉隔川闻。

濠河泛舟

春来濠水晶滢滢，十里凭舟画里行。
楼阁津涯陈万户，朝听莺语夜听笙。

南通植物园

嘉林雨过染青岚，花信三春风绪函。
锚泊小舟深树里，悠然一梦到江南。

早发虎踞关

客乡雨霁涣烟霞，待发轻装向老家。
槛外回眸多不舍，一园春色欲乘车。

重游梅花山

又见红梅凌雪开，迎寒赏望到林隈。
诗心乍动扶枝问，叩响春声第几回？

春　悟

人沐春光各得宜，风知柔婉雨知时。
谁言来日方长久，二度人生不可期。

早春采风

好雨寒吟过旧池，花花瓣瓣总成诗。
采风人在轻烟里，翻撷东风第一枝。

春夕即景

晚照西楼生五辉，落红点点草丛飞。
小儿切切凭栏望，喜见爹娘携手归。

自　怡

忆吟往事小园中，又见梅梢点点红。
未等诗成先一笑，何愁发上起秋风。

花　农

连日移栽汗水涔，花农堆笑比舒心。
今春销路尤为好，所幸村官发抖音。

疫中郊园

郊园望处柳生烟，花树千千芳自怜。
莫怪阳春游客少，正驱冠毒上西天。

茶　姑

春到江南绿染林，茶姑浅唱舞青岑。
静观阳羡壶中友，一片琼芽一片心。

忆游开沙岛

晴阳花树弥江岛，云弄飘移心弄潮。
欲把诗情霄上刻，春风渡我过星桥。

早行樱花道

欲晓星稀冷月斜，浮烟绰约笼千家。
心轻始觉晨风软，一目芳樱生紫霞。

乡　思

村舍闲居一月长，绵绵亲谊吐芬芳。
城中亦有梨花月，佳梦依然在故乡。

村　河

横卧村中纳彩霞，漫坡香气袭农家。
闭门苦索清词句，不若河边访百花。

梅雨夜霁

黄梅雨歇夜光开，一片蛙声四野来。
花径幽幽连小院，旧时月色照青苔。

七月巧云

西乡七月望云涯，梦笔神来绽玉花。
忽见漓江山水轴，欲飞烟岸作渔家。

火烧云

炎炎暑气逼禾蔫，向晚农家升直烟。
日落醉颜犹未却，映红西极半边天。

五色云

池塘葱绿托清葩，缕缕晨风绕水涯。
天际云笺飞五色，人间应是好年华。

闲　云

夏花日烤落纷纷，街市飘然超短裙。
知了苦吟添噪扰，慕望晴碧几闲云。

霁　云

村园雨过霁云臻，凉气徐来最爽神。
小仔门前玩水凼，一跤乐坏两家人。

秋　讯

一夜金风灿满楼，晴光流彩驻篱头。
粉笺片片云中寄，相报人间好个秋。

金　桂

晨光万缕洒阳台，一段贞香扑鼻来。
家有玉枝云叶碧，披星饮露向吾开。

秋　望

又见长空雁几行，恨无双翼共南翔。
霜天谙晓离别苦，常与爷孙泪满眶。

题南京火车站南广场雕塑《梦舟》

城林山水叹多娇，湖畔云楼耸碧寥。
逐梦之舟双翼鼓，凌风欲上九重霄。

闻玄武湖向日葵初冬开花

众卉凋零是入冬，葵开二度一丛丛。
异常天象多奇事，人亦心烦花亦疯。

四十三、早春闲吟

柳　塘

一泓澄碧小天池，新软东风杨柳知。
万点黄芽枝上发，串成首首早春诗。

元　夜

槛外新梅朵朵妍，春风已到竹篱边。
明朝儿女城关去，慈母依依夜未眠。

孟春访金陵

春风送我到金陵，未见庭阶草木英。
夹岸嘉林飘柳穗，引来百鸟共和鸣。

台　城

鸡鸣烟寺望台城，湖畔游人荡笑声。
从荟梅君红艳艳，暗香馥郁惹流莺。

东　苑

东苑庭柯欲吐芳，萦盈紫燕啄泥忙。
兰舟才泊怡桥外，喜见娇娇新嫁娘。

园中偶见

又遇柔柔花信风，飞霞嫩水逐流东。
稚童尤喜春归也，碎步桃林捕落红。

西乡探春

水泛粼光岸柳斜，悄然绿意染枝丫。
桃花人面东风里，行踏春头到老家。

窗　外

临窗梅苑笼轻烟，谁泊云舟月榭前。
家燕衔泥穿雨过，落红点点护花田。

春　望

白领佳人露倦容，屏前千刷盼归鸿。
春宵逢雨尤清浅，听罢更声听晓风。

郊　游

城中小别沸喧声，斜挎行囊逐羽群。
亦走亦停堪野老，怡然自乐一闲云。

三月三抓拍

户外丛林逐日肥，喳喳欢鸟又双飞。
登高遥望青葱地，老少嬉春不意归。

湖　畔

蒙蒙烟雨浸禾坪，曲径幽幽连道津。
湖畔村姑凝目眺，清音弄笛是谁人。

柳树湾

南来新燕把家还，黄鸭犁波在柳湾。
但怕飞花迷眼乱，奈何春色不能关。

琼　林

雀群乱舞闹枝丫，蜂绕花间采物华。
风过琼林飘杏雨，落红半里接轻霞。

晓　行

花瓣纷飞香满田，晓行野径醉春烟。
东风拂面柔柔意，一路轻歌洒陌边。

池　口

涯边野草新芽盛，嫩叶依依柳色轻。
翔燕蓦然裁细浪，嘉鱼在水一虚惊。

过赛虹桥

城南旧事话浮沉，却见灵光出茂林。
一带秦淮承客梦，赛虹桥上且漫吟。

五台望远

五台极顶顾周邻，春笋层楼入九层。
雄伟钟山云矗处，融融紫气正升腾。

四十四、二月里来

探　梅

二月千柯孕嫩芽，东郊已现半山霞。
谁人不识寒英朵，错把梅花当杏花。

赏　春

东风孟月暖还寒，柳带纤纤拂浅滩。
黄鸭知春频试水，桥头阿嫂倚栏看。

春　农

禾麦青青菜起苔，耘耘大幕已掀开。
无人机翼翔田垄，揪住春风任意裁。

河湾小景

二月里来春味渐，暄风已渡小河湾。
虽无夹岸千寻绿，青鸭凌波去又还。

春　鲜

梅香淡淡雨微斜，春讯纷飞入万家。
十亩大棚人影动，明朝市上卖椿芽。

又思春游

疫走熙光晴四限，游心萌动晓昏来。
远方在望诗为马，不信韶年追不回。

炒春盘

采得暄新红绿黄，佳肴道道溢清香。
农家最是心灵巧，总把春天盘里装。

嬉春风

晨光伴我走江皋，却遇春风撞老腰。
即把斯人装袖里，带回陋室伴清宵。

庙　会

乡间大道信风凉，云集摊铺三里长。
如涌人流声鼎沸，隔川闻得土肴香。

春　归

鼓浪长河总瞬间，孟春悄至逐严寒。
节前万树凋零色，是日枝头已放欢。

青　团

便约东风踏草茵，飘然香气使怡神。
望中油绿人开胃，一口青团一口春。

飞　红

吟观泓碧燕中飞，谁遣鱼龙破翠帏。
顿觉春红时日短，顷间已作隙尘归。

春　忆

闲听流水静看云，不负韶华不负春。
忽忆家山春月夜，两三发小数星辰。

池口春光

昨夜西风犹凛寒，春光转眼入篱栏。
池鱼不晓时阳到，行看鸳鸯秀浪漫。

题春江图

水似琼浆山似螺，引来天上众仙娥。
此间应有刘三姐，惹我清喉欲斗歌。

四十五、西乡秋居

（一）

梓里仲秋天，堂前听蚱蝉。
渠边铺秀草，陌上漫轻烟。
稻菽千重浪，蒲荷十里鲜。
农家田畔笑，憨态说丰年。

（二）

小院夹花墙，临川隐竹光。
青青丛草茂，簇簇蜡蜂狂。
挥汗培新土，披星植菜秧。
移时才半月，郁郁满庭香。

（三）

家严岁百龄，无疾亦纤身。
夜昼疑颠倒，需求乱假真。
床前言巧语，池畔涤遗尘。
有谓人之子，焉能忘五伦。

（四）

村外有林隈，蝉鸣龙爪槐。
蝶衣留曲径，塔影耸高台。
庄户炊烟袅，荷塘舟棹回。
清风明月晚，诗意蓦然来。

（五）

月下动霜柯，悠闲过北坡。
霓虹摇夜色，劲舞愧嫦娥。
超市人如织，吆家声似歌。
回望灯火外，星斗满村河。

（六）

老妪住西楼，晨昏料菜畴。
时闻狼犬吠，不见小童溜。
儿女居城邑，孤零守地头。
旧乡无限好，暮气惹人忧。

（七）

家尊骑鹤去，仪态自雍容。
天阔云涯远，心伤思念浓。
频频怀旧事，累累缅遗踪。
瞻像魂犹在，南山不老松。

（八）

秋光催硕果，晓露映红霞。
桂子萦香气，邻人聚百嘉，
喜闻三里外，娶得一枝花。
宝马车前笑，茅台醉老妈。

（九）

左岸雨初晴，轻舟柳下横。
河湾朦薄雾，坪草托花英。
昔日荒芜壑，今朝碧波滢。
舒心吟故里，水墨画清明。

（十）

故园宜久住，水畔有虹庐。
晨霭披嘉树，蟾光隐小厨。
旧年邻里好，新筑景观殊。
游子殷殷意，乡愁植玉壶。

四十六、江南匡咏

（一）

夜阑梦醒忆江南，袅袅炊烟桃坞湾。
黛瓦粉墙依暗柳，白云生处卧青山。

（二）

烟花三月访山塘，春色无边古色香。
流水小桥依旧在，不知何处有船娘。

（三）

雨巷飘来油纸伞，旗袍一袭百花惭。
高门深院佳人去，早有男儿带笑眈。

（四）

重吟词后声声慢，满纸愁情满纸寒。
千载柔魂邀一顾，江南无处不清欢。

（五）

金花直漫水云间，试镜伊人去又还。
盈袖清香挥不走，依依细语撒娇颜。

（六）

江南又拂杏花风，香瓣千从复万丛。
嫩果悄然枝上挂，谁人无事怨飞红。

（七）

春光一袖笑蛾眉，洒洒飘飘上翠微。
醉里吴音迷燕雀，不思鼓翅向云飞。

（八）

茫茫湖水起波澜，早出渔槎人未还。
急煞小芳凝目望，阿哥已泊碧螺湾。

（九）

幽幽芳馥自清门，冈陇陂田花草芬。
一度一年香雪海，佳期如梦只邀君。

（十）

紫英千树梅花岭，杏雨绵绵万点晶。
疏卷云霞飘逸过，亦留诗意亦留情。

（十一）

十里春风漾古都，粉妆一路寺前姝。
寻香听梵台城外，最是难忘入夜图。

（十二）

姑苏城里古山塘，幢幢雕楼闻绣娘。
七里繁华陈一水，千株桃柳万株樟。

（十三）

剪刀历久刃犹锋，细叶裁成今古同。
咏柳诗章千万阕，屏中置顶独狂翁。

（十四）

江南又作梦中游，旧物谁家遗码头。
识得桃花绸扇在，故知不遇惹人愁。

（十五）

双祝河边草木深，飘飘丝竹唤真真。
依然春雨潇潇下，玉带桥头忆道人。

（十六）

旧识江南玉镜开，凌波宝带落村隈。
千帆驶过街迟暮，明月清风执袂回。

（十七）

千载瑶川栈路长，梯田垄垄绕岚光。
早樱簇簇无还有，一路行游在梦乡。

（十八）

越吴山道露花繁，圣水淙淙升翠岚。
夜宿农家桃叶渡，又闻少女燕呢喃。

（十九）

层峰缥缈日烟间，山里人家蜂蝶跹。
青坳寻春随地是，林边刨笋踏芊芊。

（二十）

山下林隈有碧泓，层轩隔岸抱梧桐。
原装原物原滋味，穿越浓浓民国风。

（二十一）

通济湖边归鸟鸣，嵩溪村上暮烟轻。
纤长索面香飘处，遗有当年村笛声。

（二十二）

久闻古镇卧烟岭，山水人家次第迎。
竹筏轻轻江上走，无边画卷尽天成。

（二十三）

黄梅时节雨天天，苔浅村深溪水潺。
一片蛙声连十里，出门不忘戴乌毡。

（二十四）

水乡摇梦入乌篷，两岸厢村绿映红。
试问船姑芳岁几？忙将花绢杳腮蒙。

四十七、西乡田园诗

村　翁

家住如西池岸庄，膏田三亩晓昏忙。
为润迎考孙儿胃，拉马河边钓夕阳。

农家小院

轿车泊在小门庭，山石频传流水声。
篱外树丛犹碧障，时闻百鸟应空鸣。

大　棚

望中村外白茫茫，疑似隆冬遍地霜。
近看大棚连一片，袭来阵阵果蔬香。

龙游河畔

舟轻水曲草鱼肥，夹岸林丛似翠微。
绿野清波尤养眼，更添凉爽沁心扉。

风吹麦浪

熏风吹过浪无垠，几处摇扬稻草人。
九夏丰收今在望，青梅煮酒醉三巡。

夏收时节

夏熟村西灿灿黄，农家心地喜洋洋。
隆隆一夜机声过，麦粒颗颗装满仓。

村　墅

晨间芳甸笼轻烟，小墅成群曲水前。
户户篱墙爬果卉，仙家过旅亦瞠然。

村　姑

俊俏村姑技艺高，手持遥控弄新潮。
无人机尾喷灵药，百亩虫情片刻消。

村部小筑

小桥流水画廊西，曲径连通柳下堤。
徒坐闲玩山水意，忽闻枝上百灵啼。

霁夜听蛙

初临芒种梓乡行，垄上机鸣正夏耕。
向晚一场坨子雨，八方蛙鼓到天明。

广场舞

劲歌穿透一村楼，闪烁霓光探沃畴。
村嫂忽忘劳作累，不酣舞兴不言休。

远去炊烟

新式能源故里红，助推灶改见奇功。
村墟夕照炊烟袅，此景长留追忆中。

婚礼一瞥

东村阿帅娶新娘，车队绵绵百米长。
花彩千团装宝马，洞房闹到夜之央。

网　购

轻点微屏货网罗，下单偏爱拼多多。
红黄马甲村头窜，原是乡间快递哥。

路　灯

过客皆夸耳目新，水泥行道绕西屯。
华灯盏盏悬高柱，长夜漫漫照路人。

苗木人家

堂前屋后郁苍苍，蜂蝶纷飞采众芳。
大地春回庭若市，总将绿意馈城乡。

玩转抖音

坪草如茵接水滨，总愁销路意难平。
抖音招揽遐方客，滚滚车流闹五更。

网红河湾

夜风轻拂柳丝帘，月在河湾人在边。
一窥东隅情侣角，妪翁相拥藕花前。

健身角

村部南坪彩帜飘，健身老少乐逍遥。
公婆相挽朝朝至，扭毕双肢又扭腰。

蓬　苑

富庶西乡临惠风，一方水土似阆蓬。
去春才庆期颐媪，今夏迎来百岁翁。

四十八、春江花月

（一）

几度春风濠水东，故园枝上日曈曈。
家蜂为酿甜甜蜜，采过深红又浅红。

（二）

春光轻踏下江头，十里桃花映小楼。
杨柳随风飞絮乱，烟波生处有渔舟。

（三）

桃花一树早霞燃，相映垂杨斗婉娩。
喜雨零零潜入夜，飞红万点落青川。

（四）

昨夜星华万里晶，濠河放棹画横生。
春雷惊梦三更早，惯听窗前风雨声。

（五）

一江春水荡清波，归晚渔舟向绿柯。
仓满三鲜成过往，泪花交洒母亲河。

（六）

畦径弯弯野草花，可怜翁妪料桑麻。
城关不晓农耕事，梓里空巢几许家？

（七）

南来鸿阵过云楼，喋喋叨叨语不休。
去岁途经犹野地，海生桑陌一春秋。

（八）

时值仲春访故园，炊烟又见起庭轩。
渌池依旧浮群鸭，纸鹞飞扬邻里村。

（九）

群鸟啾啾过野塘，枯花衰草着新装。
风和正是春光好，厨下飘来荠菜香。

（十）

凭栏复睹老槐桩，还见流莺派对双。
意撷迟光三两缕，编成绿栅缀芸窗。

（十一）

柳暗风轻生薄烟，人间正是杏花天。
庭前濠水依然绿，流淌春光又一年。

（十二）

春临南苑五山西，花树连云百鸟啼。
龙爪岩前千棹过，一行白鹭破烟堤。

（十三）

老槐树下小河边，人面桃花欲斗妍。
无限夕阳无限好，八旬伉俪耍秋千。

（十四）

柔风伴我走濠河，人至怡桥欲放讴。
长啸一声惊绿水，浪花激起遏轻舟。

（十五）

游园未遇久俳徊，红杏墙头莺啭来。
处处春光同样好，心扉不叩自然开。

（十六）

日里桥头看快晴，春江花月梦中生。
年年江月曾相识，今有长虹波上横。

（十七）

炊烟袅袅向长空，一抹斜阳西岭红。
浅水滩头新燕舞，春泥何止护花丛。

（十八）

连排村墅斗嘉容，独有洋房开画风。
欲问谁人为宅主，当年归晚卧编蓬。

（十九）

江南塞北漫芬芳，采撷春柔百侣忙。
我坐家中同一乐，飞来微照赏韶光。

（二十）

正值庭园诗意闹，长驱粤港看虹桥。
熏风扶路春潮急，万里之行一步遥。

（二十一）

归棹渔湾近酒家，踏歌声举逐流霞。
林昏不是斜阳里，半日看成陌上花。

（二十二）

又接朝霞濠水前，纤纤晓月在天边。
林间雾薄黄莺啭，拨动春晨第一弦。

（二十三）

秀水粼粼夹岸行，风吹杨柳晓寒轻。
春光漏出当须掬，不教空樽对晌晴。

（二十四）

诗酒年华不蹴躇，朝朝暮暮意犹初。
关情只有闲吟事，半榻新醅半榻书。

四十九、壬寅杂咏

别旧邻

头枕清流成往篇，濠滨一寓十余年。
引杯向月常怀意，折柳奉邻尤挂牵。
几许人生云水客，难能岁月杏花天。
一辞未了心头愿，聊作新词慰旧缘。

移居感怀

几回衔梦盼乔迁，辛丑玄冬终得圆。
喜看百花香锦地，欣闻群鸟唱尧天。
闲观山水芸窗侧，静读诗书晓月前。
夜夜灯楼频乱眼，结庐疑在鹊河边。

遥忆战高沙

雄师卅万战沙丘，欲把贫冈变沃畴。
车载长峦三百里，担挑大象九千头。
征晨鸡唱东方白，归晚星垂乡野幽。
冬去春来天地转，皋田放眼尽芳洲。

茶　语

三月风花四月天，灵芽每试每陶然。
青峦做伴听珠雨，紫雾为家襟玉仙。
惯看山姑旋妙舞，常闻诗侣赋瑶篇。
笑当今古宾前客，也可清心年复年。

农家院落

黛瓦青砖绿树间，盘松卧石水潺潺。
跻身犹在蓬山坳，信步疑行明月湾。
善地一方人不老，金堂四世物开颜。
田家亦爱陶家趣，望断南山几许闲。

拉马河畔

长河嫩水旧关津，夹岸芦禾绿似茵。
鸥鸟翔回寻故梦，闲云悠逸觅高邻。
风摇麦浪农家喜，花隐洋楼野甸新。
放眼油然心绪动，欲飞兰棹大江滨。

春上庙会

犹有余寒春意浓，缤纷乡集火样红。
花灯万盏妆街陌，浮铺千家闹绿丛。
曼妙秧歌人海里，狂豪龙舞笑哗中。
谁家老妪迷归路，复转池边小榭东。

清明祭祖

正值清明暄气熏，家家坟畔泪沾巾。
应时花束埋苔草，点景新泥替旧尘。
多许赶程千里外，只缘接续百年亲。
默思哪得安康日，荫庇尤怀栽树人。

夏　夜

村外飘来牛笛韵，如风吹醒梦中莺。
一天星斗晶晶亮，几处流光隐隐明。
鼓噪渠田蛙十里，梦萦竹涧月三更。
蝉吟起伏声声脆，犹唱西乡夏夜情。

秋　光

望断云涯雁几行，如西最美是秋光。
曲河柳岸亭台阁，远陌膏田红绿黄。
渠南渠北光景好，墅前墅后果蔬香。
妪翁尤觉村原美，安坐庭前沐艳阳。

石桥头

仲春游逛石桥头，唯见区区小阁楼。
谙记三乡交界处，店家林立客如流。
长街古筑遗墟巷，水岸津门空泊舟。
兴废难随人意旨，前尘旧梦话沉钩。

网红路

花锦团团群墅前，千红万紫斗华妍。
漫行乡野林荫道，叹赏春原晴碧天。
习习柳风柔似水，丝丝莺语巧如弦。
网红路晚多双影，人在芳丛小筑边。

宝庆寺

远望灵灯村径斜，立新河畔有禅家。
千年古刹焚兵火，十亩皋田种佛牙。
香客来朝祈曼福，澄怀随意绽莲花。
我言休扰尘间事，且向篱边赋晚霞。

江安中学

寻香话旧到黉门，貌换新颜酒一樽。
树暗花繁诗境雅，径幽水曲梦边暄。
每临揭榜频频喜，总忆师严浩浩恩。
盈望春从风物好，万千桃李出名园。

蔷薇花开之一

风暄云淡过西墙，一幕蔷薇锦色张。
但见鲜葩承碧露，又言瑞彩接云裳。
迎前在梦沉沉醉，侧畔犹痴暗暗香。
欲采丛芳三两朵，红妆轻点染诗行。

蔷薇花开之二

迩日蔷薇花盛开，八方蜂蝶逐香来。
篱墙幕幕爬虹影，曲径幽幽笑杏腮。
有觉诗怀萦晓梦，即知云锦任清裁。
问吾哪得红尘醉？每对繁葩总把杯。

蔷薇花开之三

清霁香霞飞满天，蔷薇带湿媚人前。
疏枝密叶红随粉，重瓣钟冠笑带妍。
情趣陶然听雨醉，心机磊落枕花眠。
开窗欲放闲云住，却见村头衔紫烟。

蔷薇花开之四

小院蔷薇万点红，心潮逐浪向青空。
人行陶径生情愫，木秀玄林笑劲风。
征雁归来知旧路，梦痕远去忆烟蓬。
满屏天下纷繁事，困扰闲庭一老翁。

西乡三月天

和暖东风度梓乡，平畴百里着新装。
麦苗醒梦披油绿，菜朵争春吐灿黄。
水岸垂丝撩野鸭，林间欢鸟嬉晴阳。
院中月季枝头紫，夜夜衔思出漏墙。

西乡暮色

步中皋地郁阡阡，远廓澄清野景鲜。
空碧万寻凭旅鸟，斜阳一抹醉嘉莲。
村村树影浮烟色，曲曲犁歌向晚边。
悠笛轻帆江渚去，却留诗韵小篱前。

村原妙音

家住西乡环暗林，万般天籁总清心。
蝉鸣蛙鼓黄莺唱，狗叫鸡喧布谷吟。
风过沙沙花起舞，雨头啸啸柳摇琴。
梨园好似村原驻，在处随听尽妙音。

夏花吟

花辰错过苦萌生，夏令芬芳未了情。
艳若彩霞飞晓梦，容堪仙子伴游程。
炎风炙日催颜老，狂蝶凶虫惹蕊惊。
豪雨化成千瓣泪，许人绚丽不图名。

仰望星空

川横紫汉夜迢迢，牵牛织女一望遥。
红袖飘飘倾爱意，牧歌楚楚动心潮。
相思暗度离鸾苦，轸悯枯吟断藕焦。
但使鹊桥恒久远，普天眷侣共晨宵。

焦暑吟

漫漫暑气伏天生，度日炎炎已倦程。
野鹤无忧腾碧浪，白云有梦逐空晴。
露华不解蝉蜩渴，晨霭难能林野清。
可敬路央红马甲，涔涔汗水湿三更。

重阳将至寄怀

休言夏日烈炎狂，终有高秋送嫩凉。
银燕排空云叶白，金风拂面稻花香。
一江素舸犁澄练，两鬓乌丝染玉霜。
迟卧家山望晚月，梦随好句到青阳。

秋日闲情

身倚霜柯岂可哀，乐天小趣不时回。
近吟远韵心潮起，夕拾朝花快意来。
得意笑望星夜月，忘形高唱菊花台。
篱根紫竹沙沙舞，邀我窗前共举杯。

又见地摊

初上华灯霓彩亮，街头小卖竞开张。
沁心时味飘三里，悦口亲朋聚一方。
无有人间烟火气，哪来市井诱人香。
朵颐大快依依去，素影溶溶夜未央。

庭前赏秋

人在霜天始觉凉，庭前徐步赏秋光。
初开桂蕊盈盈笑，半掩篱门郁郁香。
径畔蔷薇争斗艳，墙隅修竹任清狂。
萧辰错过君休悔，待到来春品海棠。

东皋邮路赞咏

邮路漫漫万里程，小红喇叭伴君行。
千重辛苦千重爱，一陌芬芳一陌情。
遍踏皋原播雨露，力携孤寡送光明。
微为沧海琼珠滴，终化清流润广坪。

重阳登高有思

琅峰登顶望西乡，一目秋烟一目黄。
虹卧澄江浮彩练，稻铺广野泛金光。
家亲若在遐龄老，异客情牵思念长。
梦里人生何处是，且朝高碧问斜阳。

更夜听雨

灯影微芒暗半更，诗书披读月无明。
惜怜凉叶萧萧下，幸喜黄花款款迎。
入梦离人思故里，横秋霜雁向归程。
忽闻阑夜山钟响，且上层楼听雨声。

赶考路上

金风浩荡赤旗飘，不尽豪情接碧寥。
满栋窗灯裁晓色，半江舟楫曳秋潮。
飞霜过后千山艳，战鼓鸣时万马骄。
赶考犹行山海路，雄关叠叠水迢迢。

咏徐工

过访徐工始觉雄，巨人凛凛矗华东。
八旬剑胆张名片，百世淮乡唱大风。
力拔千钧轻若絮，衔联万国势如虹。
重机花绽香寰宇，帝里彭城笑傲中。

望　游

逝去秋光贵是金，南疆北国意亲临。
椰风琼岛云涯迥，雪域高原玄妙深。
大漠驱车情万丈，小楼听雨酒千斟。
遍游山水诗成趣，不负遥天夜夜心。

读《丁芒大传》感赋

夜阑人静读《丁芒》，情动三番泪两行。
剑胆琴心驰战马，兰风梅骨度炎凉。
疾耕椽笔华章美，奋立潮头晚节香。
彪炳诗坛欣艺海，贞魂直教梦萦肠。

云上雅集

古人雅集琴觞酒，今有云端互唱酬。
轻点微屏修竹俏，长调相框茂林幽。
清词一阕飞霞际，嘉谊千重汇隽流。
逸友何愁山海隔，电波悬泻可凭舟。

小院时光

小院栏门乡野间，也无曲径也无山。
浮岚不掩春花笑，浅露犹存秋月颜。
膏泽东篱催叶茂，韵流南屋遂心闲。
甸园深处情难老，栖我尘身一港湾。

临《兰亭集序》

每读《兰亭》心企崇，临池偏爱二王风。
龙蟠凤翥生雕玉，露结烟霏出断虹。
缀饰寒堂香案雅，馈赠亲友逸情融。
任凭余兴中宵起，摹写神书到晓东。

咏如派盆景

千载传承折桂枝，自成流派誉高驰。
美人腰畔田园画，纤巧云头山水诗。
能密能疏含秀雅，亦文亦武显灵奇。
方圆咫尺乾坤大，逸性陶情总适宜。

夜读之“独钓寒江雪”

昏灯点照月三更，苦读声声正切情。
云外星团飞冷色，庭前树影乱霜明。
妻儿梦枕喃喃语，天籁追风杳杳声。
人立山峰无径捷，漫漫长路独登程。

夜读之“悠然见南山”

诗书回味惬心灵，甘露成泓映镜屏。
花陌绵绵连日际，柳堤碧碧掩长亭。
高低远近风光异，苦辣咸甜味道馨。
虽在夜阑人静处，抬头蓦见满天星。

夜读之“一览众山小”

群书博览得丰成，皓月当空万里晶。
眺望凭栏抒意气，遥思登顶听鸾鸣。
情生叹咏江城子，景触随吟水漫声。
腹有诗章能信手，何愁前路不精英。

夜读之“更上一层楼”

薰沐书香可出尘，长河莽莽识烟津。
素知山外千重路，不企凡间四季春。
回首云涯终有岸，遥看学海了无垠。
天人若欲融为一，唯有临篇日日新。

听莫砺锋先生说经典

书山路向万峰南，无限风光心醉酣。
开卷朝朝润露霭，苦思暮暮品香甘。
花丛不厌家蜂舞，经典合宜更夜谭。
饱读华章津可渡，欣看春水绿如蓝。

写在国家公祭日

苍山寒水奏哀声，芸庶皆悲抒怆情。
八秩伤怀心宿耻，万魂愠色目圆睁。
昭昭往事由贫弱，惕惕来人共励精。
凝念同圆华夏梦，寰中树帜卫和平。

流年一顾

步履匆匆又一秋，恨无彩笔记居游。
骄阳似焰贫千水，试棒如灯探万喉。
膏雨潇潇嘉卉艳，金风习习惠光流。
小庐躲进诗成百，惯听清音出北楼。

五十、月下漫吟

（一）

星斗碧空繁，今宵月更圆。
乡思长万里，隔岸望婵娟。

（二）

舟行濠水滨，柳暗衬霄明。
举目枝头月，君行我亦行。

（三）

归棹小河边，堤前听唱蝉。
桃园星火外，农者事耕田。

（四）

雁夜送清凉，庭前桂子香。
天堂人可好，把酒问吴刚。

（五）

暑气三千丈，桥头好纳凉。
老翁真逗趣，钓月水中央。

（六）

园中竹影斜，欲笼矮篱笆。
古月同今月，银辉倾万家。

（七）

年少爱星星，宵宵望紫冥。
随方听蝈蝈，挥扇逐流萤。

（八）

清风起柳湾，恰是母舒颜。
癸巳骑云去，于今未复还。

（九）

驱车梓里行，暮色笼乡邻。
月挂中元夜，家家怀故人。

（十）

中秋月满窗，对镜看清霜。
长叹韶华逝，奈何在异乡。

（十一）

中宵吹野烟，难掩月儿圆。
季节催荣瘁，秋霜又一年。

（十二）

冰轮上柳梢，素影照怡桥。
青岸吟虫寂，函心听玉箫。

（十三）

曾下澳洲南，蟾光洒浦滩。
穷涯春意老，桑梓正凝寒。

（十四）

买醉月光前，诗行咏半边。
嫦娥休笑我，别泪湿云笺。

（十五）

每每月圆时，常将月缺思。
人生开大悟，圆缺应如期。

（十六）

千庐灯火尽，唯我漏窗明。
翌日将行远，征装慈母情。

（十七）

今宵暑气浓，遥念广寒宫。
心欲飞银汉，追凉到太空。

（十八）

年年逢七夕，总曳万人心。
文客尤为最，裁诗至夜深。

（十九）

蟾宫居玉兔，星畔舞仙姝。
九里香风软，花间饮一壶。

（二十）

诗家爱月明，寄远一颗心。
天下人和事，柔情换万金。

（二十一）

敲诗不寂寥，得句两三朝。
是夜清词捉，浮怀向月邀。

（二十二）

残月晓风时，长空星点稀。
青禾淋宿露，村妪湿蕉衣。

（二十三）

青莲钟爱月，如醉亦如痴。
独饮三人悦，醺醺还入诗。

（二十四）

霜高朔气旋，玉魄在中天。
恶犬声声吠，难妨今夕圆。

（二十五）

纤纤似亚麻，河里摸鱼虾。
机敏人人赞，村中一小丫。

（二十六）

星河渐暗沉，雷远振长林。
云卷风呼雨，繁柯百鸟喑。

（二十七）

元宵悬玉镜，烟火乱星辰。
寒气依然旧，梅须已报春。

（二十八）

随阳雁叫秋，钩月在西楼。
彩叶纷纷落，轻妆一扁舟。

（二十九）

连理两相宜，心思诉月知。
爱河长万里，信誓到遐期。

（三十）

营疗心积衰，家妇夕晨陪。
归日烟霞晚，齐眉倾一杯。

（三十一）

月乐余同乐，余悲月亦悲。
亭台邀月醉，恋月欲狂痴。

（三十二）

归里不言迟，迎前有竹枝。
何缘能慰我，月下赋清诗。

（三十三）

独坐小楼前，心驰云汉边。
鹊桥生快事，眷属一缘牵。

（三十四）

月下走濠滨，风柔垂柳轻。
霓光红半水，步履应蛩声。

（三十五）

相趁打工潮，夫君音信寥。
虽知高铁快，心路万山遥。

（三十六）

平生爱月儿，晴夜守望之。
心绪随风转，生成小小诗。

（三十七）

波水浮光闪，桥门灯火贫。
寒宵谁寄宿，应是拾荒人。

（三十八）

乡间觅旧踪，家坐小河东。
浅浅蟾光下，年年柿子红。

（三十九）

望月在更阑，鸣虫犹喟叹。
西涯挥汗水，美姐隔波欢。

（四十）

初更车马稀，巷口照银辉。
三两单车过，参陪学子归。

（四十一）

归雁向云边，金波连碧天。
幽幽莲沼里，蛙鼓报丰年。

（四十二）

闹酒来豪兴，行杯忘几巡。
更深犹恣意，累坏后厨人。

（四十三）

孙小知闻广，常怀意面香。
西餐何处有，遥指水天堂。

（四十四）

诗坛怪事多，无病叹清秋。
今古非同语，何来若许愁。

（四十五）

微屏天下知，赢得众人倾。
四处随宜看，阿谁肯转睛。

（四十六）

过盏忘三巡，飘飘欲醉魂。
心生回返悸，代驾送家门。

（四十七）

秋阳悬碧空，万类尽和融。
一夜飞霜后，枫林透酒红。

（四十八）

放棹赏银蟾，西园罩薄烟。
六桥风韵旧，濠水泛清涟。

（四十九）

窗前流素光，篱畔桂花香。
远处金风习，随吟出锦章。

（五十）

闻香丹桂下，捉月藕塘边。
纵有诗情在，何如读眼前。

（五十一）

才行春上陌，枫叶又流丹。
岁月何其短，霜丝翻一番。

（五十二）

心自书香静，情由别后深。
又逢明月夜，隔水望知音。

（五十三）

春光遥日衰，秋雨湿阳台。
风过庭前树，飞红再度来。

（五十四）

墅里难成寐，何方可倚偎。
当年茅屋下，鼾响大如雷。

（五十五）

迩日绪如麻，真情岂可赊。
祈晴驱苦雨，重见格桑花。

（五十六）

雕云绕鹤楼，何必说悲秋。
落叶离人意，灵川水自流。

（五十七）

无垠北大荒，秋实又飘香。
一日三餐事，还依中国粮。

（五十八）

秋年稻菽黄，家母履清霜。
只为孩儿好，追思泪两行。

（五十九）

桂圃对窗棂，醇香愈日臻。
金风犹绿蚁，诱我度三巡。

（六十）

随吟韵语穷，下笔意朦胧。
期许遥天月，诗痕遣梦中。

（六十一）

是夜星河暗，怀乡又一甘。
三更窗外雨，清梦到江南。

（六十二）

金风送夜凉，村外野茫茫。
满月窗前嵌，葡萄一架香。

（六十三）

清莹晓月辉，梅影动窗扉。
檐下啁栖鸟，邀呼春色归。

（六十四）

银花火树前，广袖舞蹁跹。
十里濠河畔，人间不夜天。

（六十五）

万步计晨昏，情闲偶作吟。
呼朋三两酒，好梦夜沉沉。

（六十六）

风雪夜漫长，街灯映货郎。
谁赠玫瑰束，满手滞余香。

（六十七）

不觉中年至，空巢无绝期。
欲圆思念梦，开启视频时。

（六十八）

频闻啼哭号，原是入传销。
应晓高楼起，全凭汗水浇。

（六十九）

夜冬穷寂冷，病酒遣闲情。
偶望南窗外，粼光点点晶。

（七十）

兼行万里船，搏猎浪花间。
听信摇钱树，终无翡翠山。

（七十一）

逐梦到芳丛，春山新雨空。
返途迷湛乐，得月问西东。

（七十二）

家有一间房，名呼听雨堂。
橱中陈古籍，朝夕沐书香。

（七十三）

恶者利熏心，欺人套路深。
吸金堪厚黑，法网总生擒。

（七十四）

新元今日臻，夜半听钟声。
晨起迎风眺，金光铺驿程。

（七十五）

坟前细雨斜，风过落梨花。
思故盈盈泪，阴阳隔一涯。

（七十六）

莺声藏碧霭，柳叶软风裁。
十里相思路，花开双蝶来。

（七十七）

春泥呈黛紫，农者首开犁。
野陌飞诗眼，甘霖初歇时。

（七十八）

窗外燕呢喃，风吟三里湾。
春雷惊梦醒，百卉悄然还。

（七十九）

溪畔人家静，时常仙语闻。
松门迎紫气，六路接青云。

（八十）

诗词打擂台，高手八方来。
玩转飞花令，新英朵朵开。

（八十一）

晨练向朝阳，东风犹觉凉。
长林生绿意，新燕剪春光。

（八十二）

何故犯闲愁，三更不解休。
迷糊闻鸟叫，浅梦到西楼。

（八十三）

异国闻乡调，相如成话唠。
情浓人侍酒，春暖燕还巢。

（八十四）

方知小满临，依户听蛙声。
麦垄千重浪，嘉林十里清。

（八十五）

欣闻灵谷寺，邃幕舞流萤。
犹记儿时夜，渠边飞火星。

（八十六）

孙孙爱猎奇，网上购金萤。
但愿人间洽，迎窗唱百灵。

（八十七）

庭前纳月光，承露享清凉。
天皓银河远，心田一瓣香。

（八十八）

书房筑老家，四季伴香花。
邀得谁陪我，诗书烟酒茶。

（八十九）

流水匆匆过，桥头听俚歌。
苇丛寻旧迹，惊起两天鹅。

（九十）

吴刚敲大锣，蟾户舞嫦娥。
欲接何方客，天宫小帅哥。

（九十一）

墟里成追忆，炊烟杳雁空。
数年乡未还，迷路小楼丛。

（九十二）

广厦万千间，濠河十里潺。
重阳登塔望，一处一斑斓。

（九十三）

秋光洒露台，香气沁心来。
庭外嘉莲老，阶前金桂开。

（九十四）

露凝野草上，履湿践山卿。
林甸听飘叶，空崖应鸟鸣。

（九十五）

登高凭险瞰，楼榭绕浮云。
低首闻山坳，篱花香自熏。

（九十六）

野钓向烟浔，车行过北村。
风吹秋叶落，高碧见诗痕。

（九十七）

晨钟伴鸟鸣，三匝绕西林。
破壁惊春梦，疑闻天籁音。

（九十八）

秋意斯年晚，稀闻桂子香。
嫩凉潜入夜，陶练好时光。

（九十九）

翠雾大而空，晴光一点通。
东君呈笑脸，又见万山红。

（一百）

才言天景好，蓦地闷雷吒。
云压池边树，风摇陌上花。

五十一、岁寒咏梅

梅韵十二首

其　一

东风花信拔头筹，暗馥盈盈度小楼。
清气凌云千古唱，琴声三弄韵悠悠。

其　二

雪霁初晴含笑迎，幽香独有冠芳群。
斜枝疏影千般秀，标品临风云上君。

其　三

一枝春报感心知，携手家人守望迟。
雪漫花开尘梦里，芬菲如故岁寒时。

其　四

蜂蝶无缠香更浓，独占四德送和雍。
玉笺五片嘉祥聚，难怪诸城花后封。

其　五

孤居寒客傲苍崖，松下溪边总恋家。

君子千年心不改，诗家怀意赋芳华。

其　六

思乡三载梦长更，千里奔波桑梓行。
风雪夜归人已倦，忽闻梅馥又怡情。

其　七

南园林圃万枝空，唯见梅梢点点红。
香气袭人三里醉，芳心可可许东风。

其　八

冷岩侧畔坐梅君，缀玉枝头见春痕。
凋落不随流水去，新泥化作护花魂。

其　九

瑞雪又临癸卯冬，红梅一树唤东风。
春光未现寒流急，笑问霜天几度雄。

其　十

严寒透骨冷飕飕，踏雪寻梅到碧洲。
日影西斜弹指短，今朝诗席为君留。

其十一

洒洒飞琼潜入夜，园中千树碧鳞开。
通明曲径无幽处，唯有寒君馥郁来。

其十二

冲寂喧妍自逸名，慧中秀外总钦心。
标高自古诗家咏，我亦由衷试作吟。

寄　梅

莫非前世逃吟债，梦寄深宵几度来。
总把寒林涂瑞色，更将蜡象染香腮。
窗前点缀诗情逸，篱畔驰芳春讯回。
月下有怀相许约，与君阆苑共衔杯。

咏　梅

墙角今儿暗馥来，原由梅蕾雪朝开。
一屏水墨虬枝染，万种诗痕妙手裁。
众望压台三友戏，孤标问鼎四君魁。
惊春不意争桃李，今古文坛秀作堆。

五十二、新咏山水诗

过牛首山桃花溪

碧溪汩汩日边来，映面桃花始盛开。
烟岫隔空闻翠鸟，临风顾盼向云台。

秋望栖霞山

秋意绵绵淡淡风，江帆点点泛流中。
雁声远去天如玉，落照枫林别样红。

凭舟千岛湖

青螺星布水迢迢，熠熠湖光透半霄。
承借飞舟犁雪浪，酣然一醉过琼瑶。

军山踏秋

岗峦秋色正稠浓，乌桕丹枫相映红。
风动玄林腾彩练，立时存照手机中。

放棹天目湖

万顷涟波绿似蓝，白云深处卧青山。
轻舟荡过千重景，满载诗情夕下还。

快游云龙湖

云湖雾罩泛浮槎，隐隐山陲几酒家。
鸥鸟集翔迷去路，长堤侧畔数荷花。

漓江晨韵

朝晖洒落万峰巅，一望山川升薄烟。
何处瑶人吹玉笛，惹鱼扯破水中天。

题九马画山

精工造物绘丹青，高壁悬浮水墨屏。
九骏骋驰云幔里，人间佳讯禀仙庭。

冠岩水洞即景

天遣丛林帷地宫，暗河猎险栉森风。
倏然苍宇银河落，千缕岚烟万缕虹。

阳朔遇雨

霏霏细雨笼山村，望处灵川染墨痕。
蝴蝶泉边闻恋曲，蒙蒙阳朔更销魂。

象山赏月

轻摇小棹过江扉，白鹭惊鸣向绿围。
满月一轮沉水底，桃花江上泛冰辉。

靖江王城及第

青山环抱避街尘，秀色孤峰王气氤。
且借黄门聊试笔，笑当魁甲榜中人。

流连世外桃源

清波鼓棹绿畴中，遥顾群峦叠翠穹。
渚上风车摇梦远，心生野意作陶公。

观龙胜梯田有吟

千条碧练梆青螺，叠障重岩翻绿波。
休恨登天无客路，侗乡此处有阶坡。

舟中小吟黄布倒影

舟过杨堤开玉镜，青峰望影幻还真。
突来万点桃花雨，梦醉巡江七女神。

回眺黄果树瀑布

天河崩泻起岚风，万马奔腾震耳聋。
遥看珠帘晴照里，谁持彩练舞青空。

大理三塔留影

云中塔影坠深潭，千载禅门依翠峦。
欲举手机留忆念，恰逢鸟掠漾微澜。

野象谷索道上

森森林海泛层波，索道悠行听籁歌。
孔雀猕猴无漏眼，更喜野象出繁柯。

傣族园观招亲会

傣家底事乐翻天，招婿俗仪如过年。
一掷绣球人簇拥，焉知中彩破铜钱。

信步勐仑植物园

千红万紫汇琳琅，一众芳魂恣溢香。
仙子又摇花千骨，引来骚客欲疏狂。

登九华山

青阳一脉峙东南，九朵莲花云际嫣。
峰柱凌空惊万仞，大江临瞰向遥天。

新安江作

黄梅时节过屯溪，徽水奔流欲断堤。
烟雨霏霏遮秀岭，声声蛙鼓出花畦。

过临黄山九龙瀑

星汉何时挂半天，一川九曲喜迎前。
溯源客侣扶云去，远翥飘然若上仙。

漂流神农溪

犹穿幽巷入重门，碧水深潭空雉吟。
古栈道中传骇叹，浪花惊起湿衣衿。

舟过巫峡

奇峰突兀画廊边，万里辉光高壁旋。
湍水飞花天下甲，一望一叹一怦然。

山城夜景

华灯星月汇江中，交错生辉百里红。
尽壁含珠涂夜色，山间缥缈一龙宫。

谒大足石刻

造像万尊呈宝顶，芸芸百态栩如生。
最尤千手观音殿，几许莲香几许情。

朝天门即目

两江襟带碧涵空，壁垒三方气概雄。
舟若穿梭人若织，琼楼幢幢接天穹。

至天生三桥

武隆殊景世无双，木秀林英画卷长。
飞瀑流泉云畔泻，悠悠忘返地中央。

五十三、故园忆事

夏夜纳凉

遥遥晴夜满天星，知了声声未歇停。
户外蚊烟弥漫去，儿童带笑捉流萤。

归耕图

村西夕照鸟归巢，又见犁牛踏野郊。
缕缕暮烟风绪里，一轮明月挂林梢。

夏　雨

乌云蔽日迅雷征，牧雨狂风分外狞。
悬瀑飞流河水涨，蛙声一片到天明。

接新娘

郎是车夫媳是宾，两轮座驾过长林。
声声唢呐随锣鼓，浪漫谁言不胜今。

荠菜花开

季春正值日初三，荠菜花儿赛牡丹。
乡曲谁人哼不够，村姑采蚌小河滩。

躲猫猫

青砖黛瓦向阳房，左右连肩花垛墙。
东陆青晖天井里，黄杨树下捉迷藏。

罱　泥

渌池侧畔柳葱青，淤溉农人大汗淋。
落下罱头惊地腹，河泥出水变乌金。

绞葳草

池口清清鱼浅翔，繁秾葳草乱当央。
阿哥阿姐双手绞，只为家中少豕粮。

放风筝

村翁闲裕爱风筝，板鹞齐檐挂百铃。
胜日乘风霄汉外，云间交响醉天庭。

远方来信

隔三岔五惠邮来，游子人家门扇开。
字抵万金千次读，悉知安好笑双腮。

卖麦芽糖的货郎

青衣竹笠晃铃铛，一路吆歌走四乡。
若是闻声郎驾到，忙寻破布换饴糖。

摸　秋

银晖万缕洒西畴，发小轻轻卧垄头。
摘下甜瓜胡海咽，摸秋自古不为偷。

紫燕绕梁

春邀紫燕到前堂，展翅衔泥营垒忙。
两享天伦浑不倦，呢喃细语绕横梁。

送财神

元日新晨寒气凛，村童挨户送财神。
吉祥话语添春色，喜笑颜开数赏银。

踏水车

转车吱扭涉河塘，侧举横梁堤岸旁。
凭架悬空行拐木，淙淙流水浇禾秧。

闹元宵

新春乡戏闹元宵，人若迁流声若潮。
最是龙灯摇摆舞，男男女女笑弯腰。

放电影

场前方幕似银屏，不胫相传四五村。
暮色苍茫人簇动，家家户户闭柴门。

祭灶神

小年年味已弥漫，万有为先祭灶坛。
好事上天言不尽，新春下界保平安。

打囤子

新岁祈望多涨财，千家万户拜香台。
门前囤子连成片，恰是银元滚滚来。

削高沙

那年星月挂长空，滚滚车流似巨龙。
搬走沙丘平野宽，稻香十里浪千重。

上河工

朔气横驰冻淖田，农人号子震霜天。
艰辛一月回头望，碧水迢迢落日圆。

宣传队

望月凭临小院东，鸣嘶织捉绕乡黉。
声声鼓点琴弦伴，河畔飘来杨子荣。

春　荒

拉马河边绿走廊，阡头苔浅麦花香。
枉逢初夏时光好，愁煞农家欲断粮。

山芋萝卜茶

每每乡思忆那年，山芋萝卜度天天。
此餐堪比人生果，辘辘肌肠带笑眠。

村姑的无奈

高沙土上几村庵，愧对桃花碧水潭。
人畜共居多窘境，姑娘难怪嫁江南。

换亲泪

西村有女水灵灵，蕙质兰心甚可人。
可惜换亲明月夜，黄泉路上泪沾巾。

挤麻油

交冬数九北风寒，学子含饥衣褐单。
最是课余身发抖，麻油挤作一团团。

读书郎

三更冬夜籁声无，却有儿郎心若初。
哪管寒窗吹面冷，煤油灯下读残书。

送　别

昔年高考荣登榜，背起行囊去远方。
晓色朦胧霜影澹，家亲折柳小桥旁。

夜纺的母亲

夜阑风细月光明，耳际飘来吱扭声。
睡眼惺忪凭槛望，残灯映母泪花盈。

小鱼锅贴

青纱帐里小河塘，捕得鱼虾喜若狂。
家母心灵厨艺巧，杏黄锅贴诱人香。

通电的日子

村头铁塔接遥天，电线延伸小屋前。
千载油灯成古董，农家雀跃乐颠颠。

新媳拜年

曈曈日里喜临门，新媳频频行大伦。
恭敬前辈祈五福，拜完族长拜乡邻。

采桑果

村头桑树可参天，紫葚丰盈欲失涎。
约得小男攀顶杈，采来些许慰童年。

五保户

村尾柴门朝北开，枯枝搭就小歇台。
也曾顾饮清茶水，犹记墙边一簇梅。

吃年酒

左右乡邻互做东，土肴几碟乐融融。
经年往事长相叙，梓里愁情酒一盅。

五十四、新唱杨柳枝词

（一）

正是春光漏泄时，窗前偶听几黄鹂。
花间对影三杯酒，醉唱东风杨柳枝。

（二）

柳浪耕烟嫩水寒，青苍汀渚踏游欢。
桃花一地无人扫，时有莺声绕画栏。

（三）

喜雨初晴生氧吧，闲行池岸绽心花。
谁言雅趣天涯远，我见诗虫柳靥爬。

（四）

西园莲萼蕴清香，霁月初升透湛凉。
谁惹行人河畔伫，风吹陶柳出篱墙。

（五）

秋日穿行过小泾，抬头遇见爽心亭。
桂香阵阵频来袭，几处凉蝉柳下听。

（六）

南津才闭北津开，花港游人拂柳来。
罩壁青纱兰棹影，晴光缕缕点阶台。

（七）

送郎送到小桥西，彩蝶纷飞花满堤。
堪折垂丝君莫忘，千山之外有贤妻。

（八）

又见涯邻鹊鸟啼，水天依旧两融怡。
多情应是濠滨柳，搂住鸳鸯叶下嬉。

（九）

文山望海意迢迢，始见真金浪退潮。
愿作乡翁归柳岸，坐观野鹤共逍遥。

（十）

湖光潋滟赏烟波，独爱垂杨仪态娜。
一抹夕阳红玉撒，熏熏入醉听田歌。

（十一）

茂嘉纤柳夹灵川，云淡风轻流水潺。
做客农家秋日里，久违陶迳在身边。

（十二）

苑柳葱葱欢鸟鸣，一池泓碧扁舟横。
枝头霜橘飘香处，我立篱前数雁声。

（十三）

亭台楼榭傍波涟，曲径长廊没柳烟。
都说江南时色好，莫如静海石濠边。

（十四）

一代名园旷世妍，古香古色汇东川。
粼粼映照明时月，撩拂长杨忆旧年。

（十五）

玉带清波泛小舟，丹青似卷望中多。
范公花苑遮烟柳，一水人文一水歌。

（十六）

绿野深深万点红，蓝天在水有无中。
休闲宾客欣欣喜，解襟迎怀杨柳风。

（十七）

晓色荷塘青绿妙，莲花朵朵赤霞雕。
淡恬素雅谁相共，万缕垂丝舞曲桥。

（十八）

玉盘承露映莲红，鲤鲫纷纷现水中。
逐浪追欢无自禁，焉知柳下有渔翁。

（十九）

秋高澹艳碧空开，湾浦红菱采撷来。
岸柳深深云水远，凝望殊景久徘徊。

（二十）

十里濠滨蜡象驰，柳条疏影弄仙姿。
顽童激战冰天里，骚客凭栏赋小诗。

（二十一）

潢池西岸拜陵坟，幡子飘摇柳色新。
多少凡尘遗憾事，化为花束祭先人。

（二十二）

桃花十里彩云堆，杨柳春风紫燕飞。
夜夜梦魂扶槛望，痴心只盼故人归。

（二十三）

绿茵遍野和光笼，花树轻摇杨柳风。
处处陵茔燃纸锭，哀思尽在翠烟中。

（二十四）

依依杨柳曳春光，泪眼婆娑欲断肠。
旧日恩慈情胜海，奈何欲报隔阴阳。

五十五、吟笔试新年

芳兰四首

其　一

幽栖曲径吐芳华，雅洁高风压众葩。
今古诗家争入韵，相居书舍纳千嘉。

其　二

归田告老把家还，窗下篱边植蕙兰。
陋室盈香润意气，远离嚣浊得清欢。

其　三

西陵峡畔望花田，九畹嫣姿香楚天。
兰客独钟陪屈子，离骚一曲动悲弦。

其　四

行云流水势环生，疏密相宜总应人。
逸少临摹潜悟道，兰亭妙序号书神。

修竹四首

其　一

未曾破土节萌生，佐酒佳肴非本能。
卓尔清高凭苦雨，秉持苏武上云层。

其　二

深深庭院婆娑影，堪比彰宣在莽林。
繁叶经冬凝碧翠，及云仰竿仍虚心。

其　三

东坡酷爱古今闻，舍肉清欢与汝邻。
博雅临风魂入赋，伴其为伍脱凡尘。

其　四

竿为青瓦笋为肴，简策诗书节峻标。
一世一花无悔意，笛箫和韵奏春韶。

陶菊四首

其　一

河畔垂杨别郁葱，篱边晚艳正华浓。
西风萧瑟高天冷，一堰残荷慕丽容。

其　二

一行朔雁向天垓，那畔金英独自开。
霜骨迎风含笑傲，异香熏得小诗来。

其　三

闻得城南金蕊汇，嫣红姹紫冷香飞。
问途一去何方觅，寒笼烟松上翠微。

其　四

夜央独枕梦难追，寿客闲吟恐暮迟。
晨起却知花信远，红尘孤致在秋时。

丹枫四首

其　一

秋风瑟瑟荡轻舟，一望千红遍岸头。
清夜邀谁陪月影，丹枫最是谙乡愁。

其　二

又见红笺铺曲径，经年此地遇君临。
低眉扣指盈盈笑，不善题诗也浅吟。

其　三

长堤柳岸晴空透，细浪摇风飘白鸥。
天物霜枫西照里，一坡尽染一江秋。

其　四

闲望池山怜瘦影，风吹竹涧伴秋声。
流光不负诗心纵，红叶千枝最遣情。

千里马四首

其　一

伏枥不穷千里志，忠贞秉性证乌江。
悲嘶溺水终承主，风骨魁奇义一腔。

其　二

何以疗饥草给肠，莽林深处跑铃铛。
碧蹄踏破千山径，九曲连环识梓乡。

其　三

不羁野性不张扬，长啸声中偶放狂。
春夏秋冬凭骋迈，征程万里信由缰。

其　四

昭陵六骏骛烽烟，几许龙驹无布宣。
纵是厩中千里马，不逢伯乐也徒然。

青花瓷四首

其　一

韵致千年一脉承，滥觞唐宋盛于明。
花枝缠挽连今古，日用收藏总惬情。

其　二

魂系江南高岭土，火窑烈焰唤醒苏。
脱胎换骨颜如玉，欲滴青芳尘世殊。

其　三

点缀松庭添大美，光莹精妙映珠辉。
自华不表人人爱，喜看轩堂现海归。

其　四

王利下山堪最品，声名遐迩扣人心。
一锤敲定穹天价，克克元瓷赛足金。

五十六、归田歌

（一）

推窗观竹听秋声，含笑迎逢花甲辰。
别样人生今日启，闲云野鹤做新邻。

（二）

挚友倾忱表寸肠，三巡两盏泪汪汪。
灞桥垂柳千山外，不遣交情到地荒。

（三）

扑面春风微雨斜，绿篱槛井伴乡家。
低头不见儿时路，发小喜迎笑鬓华。

（四）

五更过却闹钟鸣，睡眼蒙眬向大晨。
小曲轻哼心境好，闲庭信步走濠滨。

（五）

端然对镜气横秋，回首休言志未酬。
堪笑浮华遮望眼，心仪世外棹兰舟。

（六）

常叹公差作楚囚，归田欲把岳川游。
长天瞰望黄山小，扶路朝西玩美欧。

（七）

虽说随流入课堂，情怀依旧恋书香。
桌前常忆当年事，且借春韶慰晚阳。

（八）

久违老友筑陶家，胜日相邀午后茶。
凭槛南望山未见，只缘嘉木曳云涯。

（九）

旷世兰亭尽妙工，每临禊帖敬无穷。
墨香郁郁经弥久，偏爱芸窗魏晋风。

（十）

犹记经年绕膝旁，而今两鬓染秋霜。
应时坐享天伦乐，不废家园流水长。

（十一）

逗笑萌娃逗奶娃，天伦乐事驻吾家。
心余力绌陶然醉，任尔涂鸦任尔爬。

（十二）

陋笔疏愚难吐花，痴心未改泛诗槎。
为寻丽句游辞海，只盼娱情不盼夸。

（十三）

闲翻经史润心脾，愧对流年图逸居。
意欲吟哦词恨少，而今积敛作书鱼。

（十四）

清音雅韵几痴迷，恨不当初笔下犁。
心结千千何解得，黉门银发再扬蹄。

（十五）

莫言耳顺赋歌迟，无限秋光可采诗。
蜂舞花间能课蜜，清吟觞咏会逢时。

（十六）

静海西郊铺锦霞，皤翁信步赏秋华。
归鞅沐浴斜阳里，不见茱萸插酒家。

（十七）

重九微屏诗草飞，吟笺几许叹霜辉。
平生不作悲秋客，夕照西沉翌日归。

（十八）

桑生沧海不知年，玉树焉能常驻妍。
寒叶随风秋更美，陶然心境在天天。

（十九）

村头老屋久孤零，僻径莓苔覆故尘。
门外小河依旧淌，怜嗟不见浣纱人。

（二十）

儿时春早栽银杏，转眼参天遮快晴。
金果满枝无撷者，缘来乡眷已迁城。

（二十一）

繁芜草木叶青青，旧井台前绽妙英。
试问清泉今尚在，蓦听槛外几蛙声。

（二十二）

吾家窗外景观新，燕雀欢然筑驿厅。
身寄江东濠水畔，不输王谢旧门庭。

（二十三）

堂前木马祖孙骑，老汉陶然老妇迷。
奇趣横生犹未尽，纵情直到日偏西。

（二十四）

轻踏晨光汗水涔，飞扬神采四时春。
青山夕照余晖美，仙草灵芝不问津。

（二十五）

河畔林荫遮小桥，新朋老友共神聊。
奇闻八卦儿孙事，哗笑声声传碧霄。

（二十六）

烟云过眼极天舒，风物茫茫有亦无。
心事多多多自扰，骋怀畅意应糊涂。

（二十七）

草木枯荣常喟叹，霜辰梳雪瞬时间。
辈分年岁全相忘，常揣童心生妙颜。

（二十八）

书香一瓣资心智，学海无涯棹忌迟。
人老尤须勤动脑，余生大美活成诗。

（二十九）

采菊东篱吸氧吧，河堤植柳惠邻家。
擦窗拖地哼乡调，纵得银丝气也华。

（三十）

膏田万顷日斤粮，广厦千间夜一床。
雍贵奢华身外物，清心寡欲最祺祥。

（三十一）

身陷浮华心亦静，清弦闲弄拂纤尘。
花前且咏云间赋，偶作桃源溪畔人。

（三十二）

秋钓云笺春钓花，斜阳熏沐品香茶。
旧痕常踏寻窗友，静好时光居老家。

（三十三）

照片斑黄忆旧年，素墙黛瓦袅炊烟。
爹娘味道油然至，每忆高堂清泪涟。

（三十四）

黉堂相识结长情，六秩怀冰不染尘。
别梦回回追往事，行思坐忆总陶春。

（三十五）

苍琅渺莽弥天际，一抹残春花韵稀。
过隙白驹张炫色，东南斗指着单衣。

（三十六）

园扉罩绿和风畅，酿蜜蜂群采撷忙。
钓叟无奈蛙鼓里，惬然侧卧嗅花香。

（三十七）

游子志存寰宇内，三春晖暖四时随。
人生苦短何为憾，孝未殚心最怅悲。

（三十八）

天高气爽正宜人，嘉果悬枝香气熏。
身在濠滨秋色里，一程观景一程欣。

（三十九）

晴光缕缕透秋蓬，霜叶方柿相映红。
一夜西风随序落，几多坠入小诗中。

（四十）

碧水轻摇动浦鸥，芦花荻絮任飞流。
闲翁桥下抛香饵，钓取肥鳞祭大秋。

（四十一）

粉墙斑驳记炎凉，车辙长痕刻感伤。
巷尾街头多故事，油条烧饼梦留香。

（四十二）

家翁酿酒备新年，香气盈盈欲醉仙。
窗外云天凝一色，诗情散落小炉边。

（四十三）

野塘浅底絮云飘，柳岸流苏任撒娇。
甩落鱼钩澄水漾，嫩荷惊摆小蛮腰。

（四十四）

静坐池边观水漂，沉浮心绪乱纷淆。
权宜纳住千千念，钓朵闲云做睡袍。

（四十五）

暮云风卷起尘烟，骤雨敲窗心愕然。
一夜繁枝多许折，晓时又见水晶天。

（四十六）

黛山碧野笼青岚，花榭云楼依雪潭。
高祖临风涯岸立，彭城作客似江南。

（四十七）

皓月徐徐升远山，银辉带露极天寒。
犹闻秋水伊人语，苦苦相思到夜阑。

（四十八）

去岁桃红秦岭行，千间美墅挤嘉林。
而今故地重游日，又见清流草木深。

（四十九）

霜天万里西风劲，紫陌陈丘归客行。
百感乡愁缠一路，天伦共享泪花莹。

（五十）

画风不与往年同，有觉亲情更恰融。
笑饮一堂千盏少，西楼醉看满江红。

（五十一）

崇川福地问慈航，顿悟迷津幸未央。
纵有暑天漫热火，心存虔敬自清凉。

（五十二）

犹闻新岁叩门声，恰值江天正弄晴。
年味浓浓烟火旺，霜华又把鬓丝更。

（五十三）

一树茶梅香四邻，笑看新岁启嘉辰。
归山瑞虎回眸望，玉兔花前抱孟春。

（五十四）

腊香飘漫喜迎春，无处乡关不纵情。
竞放烟花驱朔气，今宵衔酒到五更。

（五十五）

引线纤纤星火燃，扶摇直上九重天。
凌空绽放花千朵，雀跃声中过大年。

（五十六）

寒窗共读两春天，嘉谊隆情忘岁年。
总恨时光飞逝过，重逢之日看高贤。

（五十七）

才置铧锹又动耙，汗凝后背结霜花。
花姑轻唱归途暮，播下村原一垄霞。

（五十八）

鹂鸟枝头恰恰啼，月钩渐落朗星稀。
田间欣听花姑笑，扯片朝霞作嫁衣。

（五十九）

农家篱畔结金丸，佳树斜伸绿水间。
老汉摇舟欣笑撷，机灵活现露童颜。

（六十）

乡间四月碧芳天，花簇东风共舞旋。
窗外新枝莺浅唱，枯荣草木又一年。

（六十一）

乡间四月寄情天，寒食清心泪水涟。
父母坟前长叩首，阴阳两隔脉相牵。

（六十二）

乡间四月惠风天，向暖春晖人欲眠。
筑垒飞莺成对出，篱边彩蝶闹花田。

（六十三）

乡间四月柳花天，夜半啼魂扰梦边。
唇紫樱桃初染果，无垠村野露丰妍。

（六十四）

乡间四月蔚蓝天，一眼闲望十里川。
春水幽深云漾影，轻舟野泊小桥前。

（六十五）

乡间四月景明天，一派田园气象鲜。
春色随行关不住，青坪遍踏赏村烟。

（六十六）

乡间四月碧连天，河畔遥望小筑妍。
诗意横生嗟丽景，水光潋滟照新莲。

（六十七）

乡间四月画罗天，相约江头写锦笺。
只恨盘中颜色少，难描佳景意茫然。

（六十八）

邻家豆蔻女娇娃，坐似清泉行似霞。
那日书房临古帖，羞红窗畔水仙花。

（六十九）

适逢初夏艳阳天，濠畔飘香十里鲜。
我亦慕名随踵至，朵颐大快乐颠颠。

（七十）

别离四秩喜相逢，霜染青丝堆笑容。
清泪莹莹相拥泣，真情胜过血缘浓。

（七十一）

莫愁湖畔沐春风，花甲韶颜旧日同。
多少俗尘烦恼事，随风飞入雨烟中。

（七十二）

不求功利不求荣，把酒怡情何必恭。
家计人情天下事，亦评亦论亦轻松。

（七十三）

月圆花好去匆匆，短聚长分热眼红。
互道同窗多养寿，颐年岂可水流东。

（七十四）

百里芳郊灿灿黄，几回追梦下维扬。
烟花常驻西湖岸，直教吾辈作故乡。

（七十五）

一水秦淮陶菊肥，洲头白鹭去还归。
夜风吹落梧桐雨，醉看城墙半壁绯。

（七十六）

紫岭冬初犹热燥，半山落叶半山娇。
不知朔气何时至，一袭单衣度永宵。

（七十七）

金陵又访已隆冬，车过辛庄霜正浓。
遥望紫峰湖畔立，雄姿辉映六朝松。

（七十八）

霜柯宿鸟闹残更，不掩南飞大雁鸣。
风浅云疏生百籁，宜将老墨赋秋声。

（七十九）

村外悠然行沃野，秋光不老画图开。
欲知谁个铺云锦，巧手农家带汗裁。

（八十）

陶菊开时稻谷黄，果枝饮露沐秋光。
风轻云淡寒烟薄，屋后堂前度暗香。

（八十一）

稻谷飘香橘柚甜，荻芦花熟絮生烟。
晴光辽朗西乡美，朔雁行行向日边。

（八十二）

天高云淡远嚣尘，东苑秋光不逊春。
霜打枫林红胜火，香生小径乱撩人。

（八十三）

郊原几处彩旗飘，金浪翻腾压海潮。
收割机声呼啸过，农家笑语接云霄。

（八十四）

风正张狂雨正豪，皋原望处卷烟涛。
老夫家住江东岸，几度心潮逐浪高。

（八十五）

紫琅北麓静幽幽，绝壁千寻挽玉楼。
精舍林溪浮塔影，矶前卧听大江流。

（八十六）

泛舟濠水问晴晖，锦绣江东功在谁？
青史经年藏一馆，公园桥畔仰丰碑。

（八十七）

才见高阳火样红，瞬间豪雨落苍穹。
夏花随遇萧萧去，是夜桥头纳晚风。

（八十八）

旱地嗷嗷逢沃霖，窗前静听总关情。
风吟雨唱皆开耳，应是农人娱笑声。

（八十九）

诗怀未释又斜阳，望处三维红绿黄。
秋色一窗关不住，梦边犹有稻花香。

（九十）

一望江左景光殊，艺术魔盒入画图。
美馆又添山水韵，紫琅湖畔嵌明珠。

（九十一）

空灵宝塔向云边，邻里人家傍众仙。
悦耳钟声犹广乐，每临每羡每陶然。

（九十二）

秀岭葱葱百鸟啾，古台百载仍风流。
登临极目江潮急，万里云天一目收。

（九十三）

麦籽枇杷相映黄，平畴宅院一溜香。
几处田垄机声吼，笑落西楼夜已央。

（九十四）

雨后南园芳卉谢，偶来游客独徘徊。
劝君莫叹春光浅，心若朝阳花自开。

（九十五）

坐叹春阑空试茶，声声啼鹃弄窗纱。
掀帘何故盈盈笑，撞见庭前谷雨花。

（九十六）

时临谷雨采椿芽，绿若青罗紫若霞。
月下一盘资酒兴，可人香气串邻家。

（九十七）

最宜谷雨走天涯，柳岸行人叹百嘉。
随趁老夫消倦意，春风拂面现韶华。

（九十八）

暮春时节悯农家，谷雨今来动齿耙。
种下青禾秋有寄，满田稻穗满田瓜。

（九十九）

又听秋雨打窗声，落叶纷纷入小庭。
五色霞笺铺满路，美图惊艳一微屏。

（一百）

归田百唱始初成，夜半难眠更渐深。
秋月春花萦晓梦，光阴不负老臣心。

五十七、经年杂诗（一）

喜庆香港回归

百年离落恨终消，易世明珠丹帜飘。
游子衔欢归故里，神州把盏拥春韶。
新航开启通途广，旧貌换颜天地昭。
一刻礼成锈史册，前时勿忘继昌朝。

奉贺澳门回归

千禧将临濠境归，泱泱华夏又扬威。
殖民痛史今朝改，团聚清欢即日晞。
塞北长城添喜气，岭南大地沐朝晖。
春秋百载迎开运，古色牌坊笑脸绯。

西藏自治区成立五十周年庆咏

新光普照五旬秋，雪域高原芒彩流。
天路迢迢连浩宇，冰泉汩汩润灵州。
富民兴牧人心聚，斗转星移壮志酬。
瞩目辉煌惊世界，图谋分裂早当休。

贺咏北京申奥成功

一夜无眠热泪噙，城乡同乐共行斟。
百年企盼今圆梦，万丈豪情喜放吟。
积弱积贫成往事，致强致富聚人心。
征途遥目长征启，静待鼠年听好音。

观 2017 年朱日和阅兵偶得

喜看戎兵朱日和，威形沙场竞风流。
善谋统帅金瓯点，血性雄师铁马飕。
犹记步枪加小米，笑迎歼廿过虹楼。
任凭敌寇寰中扰，不忘初心却患忧。

贺我国五百米口径球面射电望远镜落成

黔山深处浩歌扬，天眼开眉向八方。
玄兔遨游能洞见，牵牛漫步可端详。
群峦寂静终流远，寰宇惊奇始聚光。
二十二春磨一剑，韶华不负瘁心肠。

仁医吴孟超

迩来洗板谓其多，朗朗乾坤星一颗。
济世助民堪扁鹊，悬壶去疴比华佗。
播传大爱人人爱，谱写玄歌日日歌。
九六遐龄戎铠甲，甘驮患者渡鸿河。

加油九寨并序

公元2017年8月8日21时19分，四川阿坝州九寨沟县发生七级地震。一时间，牵动无数国人心弦。加油！九寨！挺住！九寨！你是高原丽珠，你是心灵归宿……

蜀川迩岁屡遭殃，九寨天堂亦重创。
地动瑶池漩秀水，山摇烟岭断云梁。
诸多殊景呈空寂，无幸游人殒他乡。
亿万同胞齐振济，南坪援建筑昆阆。

致宋英老人并序

江苏省南通市通州区93岁宋英老人，献出夫妇俩一辈子省吃俭用共同积蓄的一百万元人民币，设立“姜美善、宋英慈善基金”，用于扶助困难老人和贫困家庭学生，其事迹感人至深，有吟颂之：

赤紫余霞晖满天，九旬媪妪比真仙。
青春韶妙南陲奉，伉俪薪津故里捐。
千度善良千度爱，万般艰苦万般妍。
芳心赢得人尊仰，一梦迎来百梦圆。

咏赞抗日战争胜利七十周年大阅兵四首

国宾礼炮

京华秋爽瑞云轻，胜日欣看大阅兵。
礼炮隆隆宣烈业，军徽闪闪展雄英。

最怀沙场腥风雨，岂忘先驱悲壮行。
十里长街铺锦绣，吴戈紧握卫和平。

老兵方阵

老兵方阵仰前门，世转时移催泪奔。
双脚步轻经弹雨，满头发皓表贤昆。
肃恭军礼儿孙范，坚毅神情赤县魂。
缔造江山功炳史，一朝英烈万朝尊。

鹰击长空

彩练当空七色氤，雄鹰直插鹊河滨。
军旗猎猎星开眼，队阵雄雄月入神。
遥想当年千度苦，喜闻今旦四时春。
巡天俯瞰环球小，试看神州日日新。

卫国利器

三军雄壮凛风生，神弹横空举世惊。
方阵绵绵扬国瑞，铁流滚滚向征程。
硝烟近逼兵须砺，利器深藏敌更狰。
展翅九天担道义，江湖亮剑浊流清。

题南京汉府饭店《金陵形胜图》

巨幅丹青饰桂堂，石城山水坐中望。
练湖进棹观台柳，狮岭登楼阅丽光。
逵道条条通海宇，重轩栉栉布城乡。

六朝遗韵今犹见，竞逐群雄势郁泱。

桃花歌

和风又放满园春，烟树燃霞醉煞人。
楚地花溪千里外，江皋桃坞万家邻。
素瓷点水藏门宠，丽曲萦梁黎庶亲。
东逝晴波追粉瓣，余歌嘉许化芳尘。

兔年寄语

三春抗疫总居家，新岁游怀岂肯赊。
欲赴山川圆夙梦，任凭诗酒趁年华。
夜晴更念乡关月，日雨常吟东苑花。
桂蕊正香枫正艳，莫将空叹对西霞。

六秩吟怀

花甲岁生日晨起，踱步听雨轩临窗，秋色盈眸，金风徐来，蓦然有吟：

老艾凭栏生逸想，欲留清露浣云裳。
忽怀宁海求知苦，又忆崇川劝业忙。
堪笑仕途风伴雨，何愁轻鬓雪加霜。
归田啸聚文坛友，把盏长欢赋夕阳。

花甲生日晚宴寄怀

坐看华灯喜若狂，心驰走马不由缰。
千杯不了隆情意，万语难酬暄热肠。
已任韶光随箭镞，且将愿景负诗囊。
纵观沧海波澜阔，泛棹欢歌到地荒。

贺刘聪泉先生喜获西泠印社国际印学峰会大奖并加盟西泠印社二首

其　一

讯寄钱塘欣把酒，贺君椽笔拔先筹。
宜将青眼观风雅，应晓孤灯伴凛秋。
自古东皋藏墨海，而今才隽弄潮头。
异乡常梦家山好，熠熠珠光炫九州。

其　二

跨年难却喜无穷，念念还思湖畔风。
百载西泠添大雅，一城雉水续前雄。
且斟新岁开樽酒，再犒乡贤汗马功。
水绘清奇闻远迩，林泉深处聚霄鸿。

快乐自由行

云情纵任寄遐方，境转心随无界疆。
才旅丽江和九寨，又游塞外并苏杭。
青山绿水留闲步，古刹名楼倾寸肠。

天马行空吟快意，已然故我客千乡。

高中毕业40周年部分同学约聚古城如皋感赋

青春为伍说当年，绿女红男竞骋妍。
四秩光阴随迅羽，万流沧海变桑田。
约期小聚东皋邑，欢步闲聊水绘边。
最是纯情难忘却，时空岂可碍萦牵。

戊子年中秋夜寄出访东瀛友人

冰轮万里照南州，君访东瀛几刻休。
烟海迢迢望异域，灵犀点点上心头。
桂香清雅留千树，竹韵高风吟一秋。
待到凯旋归故里，拥怀把酒醉层楼。

望　乡

正是高秋银杏黄，寓城游子望西乡。
门前紫竹今安在，河畔霜英应吐芳。
犹记当年星月夜，椿萱摇扇暑风凉。
焉能插翅飞桑梓，携我双亲步祖堂。

父亲节奉赠家尊大人

世路含辛九二龄，恩深似海睦崇生。
华年意洽驰乡野，茂岁心灰困土坪。
厚厚双肩勤吐哺，长长单影苦耘耕。
蹒跚步履风中炬，相报涌泉犹觉轻。

献呈家严家慈钻石婚

亘年相敬白头亲，连理枝繁度六旬。
膝下儿孙齐拱绕，堂前燕雀共迎宾。
纵怀游子拳拳意，难报严慈夜夜辛。
今世俪偕祈不老，再生还做一家人。

四哭先慈

其　一

晴天霹雳如惊梦，慈母长眠花簇中。
天在悲咽人在泣，月无清皎蕊无红。
西飞长鹤祈收翅，东舞仙姑请返宫。
愿得上苍开戒约，许吾萱室复明瞳。

其　二

萱堂大爱犹山重，孝义忠诚贯始终。
厚德为人当表率，笃行从事树家风。
心牵儿女寒和暖，情系亲邻聚与融。
春去秋来真似水，亮怀高品受尊崇。

其　三

尊慈大智隐村中，手巧心灵一世聪。
农艺农时堪字典，民风民俗俱精通。
耘田上灶无难事，走线飞针谙女红。
自学接生医护术，草根里手比高工。

其　四

叩拜娘亲总眷忡，八旬又六赴苍穹。
如烟往事常常忆，似海春晖久久蒙。
大爱殷殷无止境，小辈代代有熙隆。
禀知先母归魂处，遗愿朝朝化彩虹。

先慈九秩生辰祭

九旬诞日敬何酬，噩耗茫茫又一秋。
追远尤思怀胞暖，慎终倍感赤心柔。
祭灵遥托悠悠梦，笃诲滋濡汩汩流。
裕后光先家楷范，坟前长跪泪盈眸。

寒衣节祭先父先母

几处垂杨听早鹂，墓前依旧草萋萋。
那年一别熙光暗，今日千啕晴碧低。
甘润常思蜂采蜜，安舒岂忘燕衔泥。
愧心未作催归鸟，沧海青空夜夜啼。

清明话家风二首

其一

时值清明怀列宗，孝诚莫过续家风。
勤耕善学安生本，弘德敦行处世功。
邻睦仁和融世况，哲思慎独念初衷。
人伦法度心中有，道业何愁不盛隆。

其二

家范传承始启蒙，修身养气素常中。
含辛忍苦方光大，玩物贪名皆化空。
长者师模生好雨，后辈致远借东风。
群黎共继千年粹，梦筑神州现日虹。

金秋访顾开之先生

一派丰嘉金甸村，稻畦深处醉沉沉。
堂前丹桂迎稀客，屋后青桐送好音。
翰墨等身充陋室，经纶满腹恋诗心。
诲人不吝贻吟草，大雅梅轩对瑟琴。

谢顾开之先生惠赠《驿梅轩诗词曲联草》

墨香清溢载佳文，咏若嘉园满目春。
吟匠善吟窗外事，赋家常赋梓乡人。
抒情言志林林秀，题照怀山阕阕珍。
久仰梅轩思李杜，诗家本色脱凡尘。

重阳登高记梦

启移三径向南郊，乘兴扶摇上九霄。
望断晴川八百里，接闻沧海万千潮。
举杯邀月休言醉，对影裁诗何惧寥。
清梦醒来犹快意，忘年娱老在今朝。

次韵吴广才吟长《咏猴》

归来大圣一如前，万户扃扉睹上仙。
褒奖英豪多宿尚，腾飞禹甸笼云骈。
奉公奋命清风夜，贤业迎祥朗月天。
唯盼灵猴春晚闹，亦祈好运兆斯年。

注：归来大圣指《西游记之大圣归来》。

过石港访吴广才方家

秋至高天游兴浓，约朋邀友咏金风。
顺途车过渔湾处，幽径行寻石渚翁。
吉地雅居诗墨妙，先生儒态语丝聪。
盛情眷待心惶愧，不忘嘉年交谊隆。

读《石渚诗存》再续奉赠吴广才先生

曾览渔湾慕地灵，凤凰栖处有诗名。
黉门耕获香桃李，雅舍读霓艳晚晴。
吟海泛舟扬意趣，寿山漫步表心声。

师翁漱玉皆标品，石渚长歌照雪莹。

谢咏《若星吟薮》作者顾若星先生

戗风如晦扰平生，酷爱诗词心力倾。
吟世吟尘吟梦想，咏人咏物咏精诚。
芊芊芳草幽林馥，朗朗云天俊鸟鸣。
欲问古稀何所寄，连珠妙语醒三更。

夜读单守桁先生《丑牛集》感怀

栉沐风霜七秩庚，勿须鞭策自耘耕。
朝披寒露吟声朗，夜挑孤灯心曲萦。
诗雅联佳情婉切，画工墨秀艺纯精。
人生几许难迎意，洗尽尘霾现赤晴。

老街拾忆四律

老虎灶

鸡鸣戌夜腾云霭，巷口炉光映灶台。
桌上拂尘添绿茗，膛中欠火补烟煤。
清泉汩沸迎邻里，琼液甘甜送客回。
旧址境迁云厦立，每经总有滞情来。

铁匠铺

每听叮当感慨多，火星四溅影婆娑。

何愁酷热如燃火，不惧严寒匹雪峨。
人立须经千度炼，器佳应涉百回磨。
都言打铁劳中苦，谁见锤声伴击歌。

裁缝店

毗邻百载布绸庄，生意盈门四季忙。
老少无欺迎顾客，师徒相敬冠同行。
飞针走线无寒暑，量体裁衣度日常。
补短修长翻旧款，玫瑰送出手留香。

小书摊

檐廊一角设浮摊，满架横陈书报刊。
中外古今罗万象，养人树德塑三观。
可租可借酬金少，宜老宜童受众宽。
最是双休人簇拥，学游方寸也心欢。

微　信

自开微信少孤愁，海角天涯在寸眸。
文字语音凭意发，视频短剧纵情浏。
环球大事时时悉，百态人生一一收。
不弃不离魂不舍，沉迷总觉患忧忧。

寄语诗坛

莫嘲老干浅吟讴，休为泥常寄客愁。

俗雅偏宜知者鉴，是非自有会家求。
清词丽句诚完美，俚韵俳谐亦入流。
诗苑熙熙容乃大，芸芸千卉共春秋。

致青山诗社

钟爱诗词无绝期，休言晚照鸟归栖。
渚边雅咏渔湾赋，濠畔闲吟夕下犁。
踏访东篱忙探采，聚邀老友洽文题。
诗行存草柔肠在，迟暮斑斓出彩霓。

贺我国科学家屠呦呦喜获诺奖二首

（一）

秋光静好韵依依，诺奖佳音四海蜚。
赤子拳拳衔志气，苍颜烁烁载荣归。
青蒿神秘千层觅，疟患消除万众希。
实至名驰成一帜，中医中药映朝晖。

（二）

本土功成有几回，瑶光胜日喜登台。
昆仑莽莽呼联臂，月兔迢迢乐两腮。
耗尽韶光圆梦想，升腾紫气响春雷。
但祈科苑金风去，梅朵丛丛报捷来。

题大型舞剧《朱鹮》剧照

苇塘寂静绿丛稀，忧邑鹮仙向远堤。
渐起高楼风有障，欲枯湖面水成溪。
云间游弋堪征旅，烟渚灵鸣犹苦啼。
人与自然休戚共，何时携手种春泥？

雾霾天偶成

晚秋本是艳阳天，怎奈狂霾乱舞旋。
旷旷长空无正色，茫茫大地尽墟烟。
限行封路心生梗，停学休工夜失眠。
若欲东君开眼笑，唤来喜雨润桑田。

贺南通地铁一号线开通运营

家家筛酒意难平，江左祥风冬日盈。
清梦千回犹枕梦，豪情万丈愈驰情。
跋山借取仙人洞，涉浪移来水府城。
笑看天工开异物，地龙呼啸踏歌行。

南通大学百年华诞致庆

壬辰榴月郁苍苍，十里东郊披盛装。
学子莘莘游静海，芳风煦煦漫黉堂。
祈通今古珠连璧，精进家邦富且康。
雅客开怀吟慰喜，再经百载更辉煌。

贺江安中学八十诞辰

春秋八秩骋豪怀，梓里黉堂誉九垓。
诚毅金箴燃慧火，精忠师表育良材。
长江潮涌源头济，桃李芳香沃土栽。
岁月无痕人易老，师恩难忘忆书台。

和 F 君

入门僚佐始恭庄，怎比闲吟陌上郎。
飞瀑无香真玉水，高枝有疾总歪梁。
得时莫误青田酒，玄悟须题云锦章。
休惧前程多坎路，萧萧班马不迷航。

庚子元日偶成二律

其　一

庭前又见外孙嬉，对镜痴看成小诗。
发际华丝添党伴，额山纹浪拓他岐。
城郊黛岭披霜韵，桥畔清波托瘦枝。
胜日不言颜色老，漫吟韶光恰逢时。

其　二

凌空鞭炮响晨初，又看新桃换旧符。
此去经年多感慨，过云往事任虚无。
花开四季争妍美，人跋千山企坦途。
万类今朝添一岁，直抒胸臆对屠苏。

首届中国诗词大会观感

达人济济释诗怀，轻踏熙光上擂台。
中外同堂吟李杜，叟童联袂唱欧梅。
繁花皓月年年拥，细叶云旌代代裁。
犹感神州欢意漾，喜看大地早春回。

写在教师节

荷塘月色映楼台，清影孤灯伴冷阶。
觅取清词询电脑，追寻题注向书斋。
室巡朝暮除疑惑，园护千回壮晚侪。
历涉苦寒终不悔，无言桃李报琼怀。

致高考学子

寒窗十载志霄鸿，咀苦含辛沐厉风。
灯火三更撕夜幕，晓吟四季破长空。
关山道道关山隘，英气恢恢英气雄。
大路朝天驰万马，踏歌折桂向蟾宫。

甲午春晚

马年春晚开生面，炫彩多姿老少宜。
小品相声休俗套，劲歌曼舞出新奇。
曲桥流水江南梦，卷幔珠帘婉约诗。
串客主持多妙语，迎新辞旧最心怡。

癸卯年除夕夜感咏

烟火缤纷入夜殊，一屏春晚伴红炉。
乖乖玉兔奔明月，灿灿金龙跃圣湖。
追忆陈年思夙谊，迓迎新岁得糊涂。
银丝双鬓多三撮，笑看浮云任有无。

蛇年忆事

癸巳时光似水流，行囊空鼓怯回眸。
舒心听雨寒风冷，开襟迎风暑气蹂。
应察江湖多激浪，方明世外可垂钩。
涛声东去泥沙下，草木萧萧度一秋。

年　味

无边烟火灿云端，初试新衣童子欢。
檐下腊香香十里，祠前融结结千团。
孔灯借力临村野，桂席喧宾空酒坛。
最是万家人面笑，冰天寥廓不知寒。

咏“一带一路”

丝绸古路汉朝开，中外融通互补台。
垄断霸权成旧梦，共赢合作响天垓。
宏图大展连欧亚，逐景高歌驱暗雷。
世界多元谁可挡，顺逢昌盛逆逢灾。

挽姐夫吴金荣

丙申春日倍心伤，哭送吴君欲断肠。
迭岁匆匆承室宇，饶培悬悬作津梁。
屈身不泣男儿泪，抱病尤思梓里乡。
一介黎民骑鹤去，淳情倾路到天堂。

悼友人孙建国先生

冷雨初晴又肃霜，阴阳刹那两茫茫。
天伦未享惊呼惜，夙愿空悬泪眼汪。
同旅澳新存厚谊，共商职事缔规章。
缺圆月下难成梦，酹酒三樽祭怆伤。

五十八、经年杂诗（二）

滨江秋暝

林染五山头，空崖闻鸟啾。
松间风细细，菊苑韵悠悠。
长岸摇芦雪，轻霞笼晚舟。
夕阳沉西岭，藏起一江秋。

啬园游春

欣闻春鸟啼，又去啬园嬉。
绿水浮黄鸭，清香发素枝。
风亭吟袖舞，烟渚鹤心怡。
人在图中走，仙游非梦期。

观五里村小学学生楹联展

淡淡墨香来，迎眸心境开。
联坛掀后浪，书界绽新梅。
晋蕴朦胧有，唐风仿佛回。
珠芽淋好雨，他日上高台。

春之畅想

春色香长岸，蓬心已半酣。
晴光昭塞北，烟雨俏江南。
浅浅闲园草，幽幽空谷岚。
焉知云水处，可有一诗庵？

浅冬晨吟

流霜侵玉栏，向晓最恬安。
朔朔严风紧，萧萧落叶残。
虫蛇萦冷梦，松竹姿清欢。
遥寄家山老，朝朝记御寒。

癸卯元日有记

潇潇喜雨来，洗尽万千埃。
岭瘦山王去，天寒月兔回。
烟花香海廓，腊味度江梅。
柳上春风早，相期细叶裁。

癸卯元夕纪闻

朔气吹郊野，冰晖照水莹。
街衢流瑞彩，博苑荡欢声。
画舫清波逐，寒钟碧宇鸣。
东园多爱侣，濠上踏三更。

聆林峰刘庆霖先生讲座感作

钦崇千百回，线上雅人来。
章法谆谆导，诗言片片裁。
津迷终日暗，点醒始天开。
曲径幽幽处，惊春一簇梅。

西乡秋晨

苍然秋已深，晓岸寂沉沉。
淡墨描烟色，浮岚锁野林。
田翁闲径走，学子玉窗吟。
村外寒塘上，欣闻候鸟音。

献　词

炬焰逐阴霾，江山曙色开。
惠风吹巷陌，好雨布春台。
浊浪时时起，雄雷阵阵来。
层城回首处，紫气绕林隈。

夏忙即景

麦垄连金浪，阿婆里外忙。
向晨清场地，当午煮醇香。
翁媳盈盈笑，儿孙偷偷望。
铁牛明日到，半晌粒归仓。

无　题

偶忆旧时颜，何曾两鬓斑。
凡今归故里，竟日得悠闲。
常笑杨花梦，方知世事艰。
浮沉皆过往，煮茗品江山。

庚子晚秋滨江游随感

秋染大江东，晴川披彩虹。
欢豚随鼓浪，寒鹭逐瑶空。
五岭云边矗，千村诗境中。
问渠清那许，好雨伴祥风。

消防战士礼赞

兵营应有涯，一岁一芳华。
玉树惊三界，津门泣万家。
和衣眠冷月，无席醉流霞。
不作清吟咏，相酬大碗茶。

龙年元夕抒怀

佳期临尾声，心绪总难平。
痴望华灯色，怀思东苑卿。
长河遥万里，漏鼓报三更。
欲借梅花语，传书未了情。

记初中同学聚会

前时花一般，重见步蹒跚。
相忆春华季，谙知岁月残。
枯荣随逝水，苦乐念平安。
衰鬓杯中影，辞归梦里酸。

贺崇启大桥落成

江海交融处，波涛万里颠。
魔都临绿浦，苏户卧芝田。
一水成天堑，三通赖渡船。
飞虹今落成，崇启共翩跹。

参观省文联得句

烟花三月天，敦学访文联。
院静清风爽，花繁艺苑鲜。
全程漫雅气，一问醒丹田。
庭外春潮阔，诗情顿盎然。

临汾旅印象

随访探军营，望中颜魄惊。
吼声闻紫汉，步鼓覆雷鸣。
枪响顽凶倒，烟消旗帜擎。
任凭风浪起，焉得动长城。

入学市老年大学书法诗词班有吟

归隐事无多，余年意欲何？
夙心山水客，但恐旅途蹉。
仿写《兰亭序》，闲吟陌上歌。
初心犹不改，黉舍学嗟哦。

咏核心价值观十二首

富　强

泱泱华夏梦，代代盼雄强。
民富人人乐，时丰户户康。
空谈无裨益，实干可隆昌。
国盛邻邦敬，阜安沐艳阳。

民　主

黎民皆可期，同向筑鸿基。
盛治平天下，开流得逸驰。
群言须广纳，政令应询咨。
北斗群星拱，心和岱岳移。

文　明

传扬真善美，辉耀万方明。
达礼人恒立，知书神自清。
家风匡举止，古训践言行。
凡事扶经纬，神州韶气盈。

和　谐

施以宽宏后，朝朝听玉音。
兼容能惠利，共处可淘金。
花好清杯举，人和甘雨霖。
春晖亲大地，满目俱欢心。

自　由

天地人为本，随心最自安。
秉常休任性，持重享清欢。
有束知荣辱，无拘近悖谩。
言行循轨度，前路向通宽。

平　等

江河万里流，百舸竞千秋。
天拥星和月，人怀善与柔。
翁童无下视，男女尽同酬。
生命皆平等，青山代代幽。

公　平

黄河为秤杆，砣是九州嵩。
兴域言公道，靡邦行致穷。
浩然培正气，顺势育英雄。
逸政私情忘，人心向大同。

法　治

人生千万路，警示指归途。

规矩匡时世，方圆正匹夫。
官民持敬畏，鸟雀有鸿梧。
律外无飞地，山川风景殊。

爱　国

神州齐筑梦，巨变誉寰中。
自古多豪杰，今朝涌俊雄。
丹青留史册，碧血染霓虹。
家国情怀有，讴歌飞紫穹。

敬　业

高楼平地起，永固赖基层。
勤学收长益，苦耘获岁登。
酣嬉荒伟业，空想废良能。
用志恒持久，鲲鹏万里腾。

诚　信

人立诚为础，嘉名胜九春。
经商崇守诺，处世贵敦淳。
失信千夫指，端行万户珍。
真心赢善报，清气扫寰尘。

友　善

从初人性善，以沫共相濡。
笑语花前醉，欢颜月下姝。
浮华终散尽，厚谊不雕枯。
和睦融融乐，冰心在玉壶。

五十九、经年杂诗（三）

家山节令竹枝词八首

春　节

新春鞭炮响祠堂，户映红联人盛装。
房族新娘茶礼到，长辈纳笑馈祺祥。

元　宵

塘边枯草借风燎，盏盏天灯夜幕飘。
料峭春寒拦不住，新年愿景上重霄。

清　明

天南海北路迢迢，逐月追风昼接宵。
驰骋乡关行省墓，龙松代代有人浇。

端　午

箬叶青青粽子香，绣囊鼓鼓佩新裳。
劝君恣饮雄黄酒，竞棹归来再举觞。

中　秋

窗前翘首赏冰团，桂子花须入酒坛。

年过中秋寒露至，醇香待到岁除欢。

重　阳

登高眺望树丛黄，小院金英又吐芳。
桑梓晚晴流照远，瞻依厚养美名扬。

腊　八

争奇竞巧品繁多，百味千珍一粥和。
先祭祖先求万福，再贻邻睦与公婆。

除　夕

庭舍掸尘辞旧梦，三牲百果祭灵宗。
年年春晚狂欢夜，同祝人间岁岁丰。

暇日寻诗八首

其　一

梓里黉堂共启蒙，寒窗十载自陶融。
前生缘契今生爱，百转千回非梦中。

其　二

两情相悦在朝朝，杖策乡间避市嚣。
晨沐东辉宵弄月，花田柳岸忆童谣。

其　三

举目河边见小楼，几回感喟泪花流。

三年茹苦终圆梦，一隅相濡度冷秋。

其　四

日行万步佐时蔬，绿蚁新醅偶半壶。
窗外炎凉无已事，书斋坐拥一湖涂。

其　五

乍起东风晨气凉，床前月季正芬芳。
丛丛绿树传莺语，忽迸弦诗三两行。

其　六

春光十里赏樱花，遍野层林飞彩霞。
画里景观常入句，那红那紫尽诗葩。

其　七

绿堤村外野花开，散步乡间香满怀。
习习晚风吹麦浪，似闻号子陌阡来。

其　八

夜来总有忆怀生，最念韶华最念卿。
情至深时涟老泪，忍看枝上月三更。

金陵闲居十二首

其　一

杠鹃几上吐芬芳，一抹春光到客堂。

斗转星移犹过隙，鬓颜对镜读秋霜。

其　二

寒钟夜半寺山鸣，鞭炮喧嚣鲜有闻。
市貌市容虽静好，惜之年味少三分。

其　三

新元闲逛老门东，人海车流着彩虹。
举目一望皆笑脸，腮腮犹挂小灯笼。

其　四

夹岸秦淮飞腊花，东君朗照影微斜。
衣乌朱雀名遐迩，绝唱从来诵万家。

其　五

许是新春喜气浓，故园日暮半天红。
圈中好友频来信，不尽乡愁飞盏中。

其　六

石塘水碧映蓝天，竹海深深听好泉。
坳里山家浑不晓，武陵人望欲乔迁。

其　七

欢餐设宴月牙湖，草木逢春正醒苏。
一室和融关不住，桃花映面向归途。

其　八

东郊车马尽蜗行，怀有虔心难慰灵。
胜迹关河人望满，当机改道赴江宁。

其　九

旧堂王谢傍秦淮，魏晋遗风扑面来。
檐下寒梅知紫燕，高飞广厦寓阳台。

其　十

霁月秦淮分外柔，双龙照壁染明眸。
几多才子英贤梦，坐拥佳人附水流。

其　十一

秦淮桥畔雅风涵，科举而今成旧谈。
细数至公堂内榜，隽才自古出江南。

其　十二

元辰六秩未离乡，今岁随缘宿建康。
身在异城非异客，信由拙笔咏闲章。

八雅之殇八首

其　一

琴声恰是水流声，千籁和鸣绕绿林。
今日扶弦图考级，谁怀香岫觅知音？

其 二

局中见惯巧营谋，不破楼兰不罢休。
对弈非唯方寸里，在途机阱惹人愁。

其 三

《三希法帖》学人藏，胸有菁华墨泛光。
望眼书坛多丑怪，可传佳品几青箱？

其 四

丹青妙可似清风，炒作何能赢表崇？
画集如麻稀隽品，附庸大雅总虚空。

其 五

夜来敲字几回痴，雅韵清流出好词。
口号俚言情境少，呻吟哀叹不成诗。

其 六

知音相遇共千杯，豪气刘曹举案酬。
有叹而今贪饮众，道中醉驾几时休。

其 七

东风昨夜唤千家，笑看郊园飞碧霞。
归去残红飘一地，忍听花树叹伤疤。

其 八

云蒸雾锁出名茶，结伴芳君缘紫砂。

待客迎宾杯半浅，奈何残药染清嘉。

紫琅染翠又逢春四首

其　一

紫琅染翠又逢春，一练江花映日生。
我踏晨曦堤上走，梅风十里醉诗情。

其　二

长顾瑶波濠水滨，紫琅染翠又逢春。
兰舟窗外通幽处，情侣双双画里人。

其　三

东苑千红香满径，山亭水榭成双映。
紫琅染翠又逢春，杨柳依依摇妙婧。

其　四

庭前松竹覆层银，喜兆丰年万象新。
犬吠篱边辞旧岁，紫琅染翠又逢春。

玉犬迎来万里春四首

其　一

玉犬迎来万里春，云樽美酒过三巡。
烟花绚丽当空舞，笑看坤乾天地新。

其　二

钟声夜半到周邻，玉犬迎来万里春。
《难忘今宵》萦耳际，达声旺旺伴新晨。

其　三

梅香郁郁满三径，紫竹依依濠水映。
玉犬迎来万里春，青山绿水画千帧。

其　四

残雪消融天朗润，大红灯炬亮濠滨。
桃新符旧东风软，玉犬迎来万里春。

七夕四首

其　一

又是人间七夕天，迎门媳妇意绵绵。
含情老汉呈花草，玫朵输于野卉妍。

其　二

回望流年心绪绕，每逢七夕悯中宵。
遍寻喜鸟无栖处，汉渚徊翔筑鹊桥。

其　三

葡萄架下望苍穹，织女牛郎今又逢。
岁岁年年吟七巧，新词阕阕寄情浓。

其　四

此恨绵绵君可知，难成眷属泪涟池。
人间惯有相思树，翠翠苍苍挂满诗。

题新二十四孝行动标准图二十四首

经常带着爱人、子女回家

名山秀岭有期攀，孝敬双亲莫等闲。
挤点时间回故里，同堂之乐最开颜。

节假日尽量与父母共度

双亲健在不云游，为孝辞官千古讴。
节假最宜常绕膝，欲知父母鬓蓬秋。

为父母举办生日宴会

烛光映照爱缠绵，甘美蛋糕表挂牵。
一载两回同祝寿，共携父母度颐年。

亲自为父母做饭

犹记盘中粒粒辛，甘甜味美齿间存。
如今父母生华发，煮菜蒸饭报养恩。

每周给父母打电话

人老怕生孤独症，忌呛忌跌忌颠瞑。
不求儿女长陪伴，每听三言喜泪盈。

父母的零花钱不能少

育儿育女千般苦，年暮生涯要燕纾。
赡养爹娘需供给，盘中鲜果伴虾鱼。

为父母建立“关爱卡”

双亲年迈步蹒跚，无助时时心胆寒。
小小一张关爱卡，住行衣食总存安。

仔细聆听父母的往事

悠悠岁月是长河，每每追思感慨多。
心带钦崇听仔细，传承家教莫磋跎。

教父母学会上网

年迈蹒行多不便，即时信息觅寻难。
畅游网络连天下，可视能聊带笑看。

经常为父母拍照

无情岁月印沧桑，一树繁枝叶泛黄。
抓住时机按相钮，留存美好永珍藏。

对父母的爱要说出口

勿忘曾是掌心珠，父母含辛护小雏。
骨肉情深休木讷，胸中爱意应传呼。

打开父母的心结

心思如网易茫然，不解常常双目旋。

子女见机宜浚导，释怀怡乐度天天。

支持父母的业余爱好

健身舞蹈美人拳，佳好余晖互斗妍。
父母喜欢儿女赞，老来清壮貌如嫣。

支持单身父母再婚

鸳鸯对对最痴情，影只形单心结生。
星夜无眠谁休恤？缘来儿女应开明。

定期带父母做体检

一生奉献怨无言，驼背弓腰不断纤。
定例检查防意外，晚年欢度品甘甜。

为父母购买合适的保险

天有风云预测难，老人旦夕盼平安。
兼权尚计宜投保，遇险化夷心自宽。

常跟父母作交心沟通

居家父母小巢空，儿女闲暇多互通。
消去双亲孤独感，三言两语乐融融。

带父母出席重要活动

欲知耄耋社交稀，每有邀召心自怡。
欢聚莫忘携二老，童颜焕发笑眯眯。

带父母参观你工作的地方

儿行千里母担忧，事业如何亦寄愁。
亲睹晚辈工作好，梦中也觉乐悠悠。

带父母去旅行或故地重游

旧朋故土总萦怀，梦里山川遍九垓。
花未凋零人未去，快游阳朔宿蓬莱。

和父母一起锻炼身体

公园散步有陪同，广场翩翩伴始终。
犹记儿时贻宠爱，而今笑看夕阳红。

适当参与父母的活动

儿孙康健最舒心，总爱寻机宣友朋。
适尔相牵齐亮相，亲情诚笃再升腾。

陪父母拜访他们的老朋友

昔时老友总难忘，岁月悠悠情谊长。
代代相传情有继，凡人佳话吐芬芳。

陪父母看一场电影

莫言影院皆情侣，老少合家更允宜。
观片休闲心地暖，时光静好梦佳期。

瞻周恩来总理纪念馆及故居四首

其　一

徐步轻登瞻仰台，浩洋伟度震襟怀。
千秋大业遗鸿树，欣看江山紫气来。

其　二

款曲花篮寄远哀，初心笃志不徘徊。
情犹鱼水终难忘，每忆神躯泪满腮。

其　三

百载榔榆华盖稠，汗涔古井志清修。
观音柳下梅香郁，念念甘当孺子牛。

其　四

清冽文渠玉带流，大鸾振翅瞰神州。
在公夙夜丝方尽，一代丰功万代讴。

逛夜市小记四首

其　一

苍茫夜色笼桥东，几处喧嚣贯月虹。
美味飘香漫客至，人间烟火最和融。

其　二

双双情侣逛摊头，市井繁华人涌流。
偏爱阿婆端午粽，清香入口乐悠悠。

其　三

外来小伙闯通城，夜唱歌台濠水滨。
曲曲动人情未了，乡愁不尽泪沾唇。

其　四

乌啼月落暗西厢，更起时分夜气凉。
憨笑夫妻心窃喜，利赢可供读书郎。

励学园小景十首

映台春晖

春风又绿映心台，簇簇香花铺四阶。
枝上黄莺啼不住，引来粉蝶扑诗怀。

杉林叠翠

台城桃月正春深，万缕阳光泻茂林。
一片浓荫三百尺，玲珑碧透映天心。

东山梅韵

郊峦梅气郁香浓，园内东山相映红。
晨见邻家娇少女，翩然起舞弄清风。

云亭听雨

万绿丛中耸燕亭，盆盆山水透晶莹。
逢时喜雨潇潇下，恰似书楼朗朗声。

紫廊闻莺

曦光临照紫花廊，漫步其间游众芳。
忽有娇莺啼恰恰，飞来佳句两三行。

西岭飞红

西山夕照彩虹飞，宿鸟幽鸣向翠微。
滚滚车流窗外过，晚风吹得客思归。

励学望塔

黉楼高耸入苍天，堪与西邻塔比肩。
双子隔空常笑顾，共传捷报到云巅。

双徽沐阳

春阳艳艳照双徽，蝶舞花间香四飞。
三两同窗留笑影，深深嘉谊共旋归。

北坡绿瀑

晨光轻踏北坡行，绿瀑飞红齐讶迎。
含露清风犹扑面，又闻林樾读书声。

丛竹夜月

扶疏竹叶影婆娑，兰芷依依亦袅娜。
漫步花前生远意，独朝东陆咏乡歌。

北京奥运献咏四首

传扬圣火

笑迎圣火到乡关，静海同心聚五环。
牵手光明传友谊，欣看喜雨洒人间。

盛天开幕

星空彩练京华舞，韶乐悠悠伴鼓笳。
千载文明凝盛典，惊嗟海角并天涯。

南通驰名

三金日揽势方遒，觥举崇川万户讴。
体育之乡扬奥运，江东儿女竞风流。

圆满收官

秋宵燕北喜盈盈，火树银花不夜城。
大幕徐合情永在，共圆梦想启新征。

戊戌元夕翌日游钟山景区归吟四首

梅花山

春报钟山带薄寒，闻香识得万梅峦。
踏春郊外休言早，遍野流霞人马欢。

琵琶湖

半水城垣半水幽，风亭遥望紫光流。

双双情侣依湖畔，疑到秦淮白鹭洲。

四方城

那年春日过斯城，一仰长空霁色轻。
今伫亭心抬眼望，也无风雨也无晴。

孙权墓

山水相依紫陌深，桥头倚徙听瑶琴。
暗香浮动飞遗曲，焉慰东吴大帝心？

夏游连云港海上云台山四首

二桅观城

驭风直上二桅尖，海色山光一线牵。
西望港城云厦侧，水帘洞主笑翻天。

云台神鹰

听雨崖前耸画屏，云台深处展雄鹰。
天成殊景何其巧，引得游人欲沛腾。

大港连云

巅峰遥目连云港，巨臂成林牵大洋。
万舸帆悬争引路，明珠熠熠耀东方。

云中漫步

翔风轻拂露熙华，漫步云间驭彩霞。

长啸一声抒壮意，岂知惊扰众仙家。

杂咏九首

其　一

祭仪上网渐新潮，除却归途几倦劳。
轻点鼠标能跨越，鲜花簇拥似云涛。

其　二

牛排披萨异香浓，浪漫何追域外风。
若是两情长许久，油条豆脑也陶融。

其　三

平安夜过望霜天，忽报暹罗怒浪漩。
急电问询君泰否，悉知尚好始安然。

其　四

弧光一道破长空，大漠苍苍归燕鸿。
迎迓摘星三剑客，青山蔼蔼水融融。

其　五

村叟方今九十三，相携儿媳亦蹒跚。
乡邻见面休言笑，耄老欣然做核酸。

其　六

谈“阳”色变几时休，万户森严怎奈何？

窗外晴光无限好，莫如踏唱《大风歌》。

其　七

又是旬年重九来，荻花扬絮菊花开。
山寒水瘦人添寿，滚滚银潮向筑台。

其　八

望断雪山云卧锦，慵眠潜听水流声。
花香熏得柔情漾，欲嫁悠悠浪漫城。

其　九

百态红尘不等闲，苍生征旅有艰难。
赠人玫瑰香留手，共享真情天地宽。

六十、诗余小集

画堂春·秦淮八艳（八首）

柳如是

章台柳隐冠烟娇，慧心顾盼春韶。银钩铁腕舞琼箫，文种诗骚。　　家国情怀却有，洞知大体灵标，南都倾覆郁千朝，贞志云霄。

陈圆圆

似云出岫艳姑苏，倾靡大顺王都。盈盈冉冉任江湖，应有还无。　　自古名媛多舛，三千宠爱犹孤，繁花落尽礼浮屠，曲尽如初。

李香君

芳心侠骨坠沉香，诗词韵律昭详。琵琶一曲世无双，只赋情郎。　　一扇桃花碧血，忠贞后此传扬，飞红碎玉哭离乡，寸断愁肠。

董小宛

卑微岂忘国之忧，霜寒桂冷何求？逍遥物外节还留，出榭花羞。　　疾快才情罕见，半床残月清讴。名厨贤妾水春柔，疑案千秋。

顾横波

从兰笔墨自成篇，排头南曲翩仙。金陵文宴至生妍，绝代名媛。　　洗尽铅华易号，夫人一品升天。崚嶒侠骨护高贤，云缕岚烟。

卞玉京

古今文史辄明通，落毫兰韵雍容。谐谑间作水淙淙，倾倒诸公。　　一代风华玉种，钟山翘楚惊鸿。历经世态入寥空，斗酒遗踪。

寇白门

侯门似海驻波澜，青楼难了心寒。风流跌宕尽衔欢，空负婵娟。　　畸爱斑斑血泪，从残红粉尘颜。人称侠女苦随缘，怎度关山？

马湘兰

兰心蕙质悟花魂，画笺诗草无群。钟情熏炽品超尘，墨绘遗珍。　　红遍秦淮柳巷，也曾悦取才人。吐芳默默卅秋春，幽馆孤颦。

西江月·中秋通如道中

行道风轻云朗，沿边树老花黄。中秋秋色正疏狂，雁阵排空远上。　　车转乡间芳径，豆萁铺满当央。行轮辗过屑飞扬，噼噼啪啪作响。

长相思·中秋月（三首）

其　一

他乡明，故乡明。晖洒天涯万里坪。澄江皓月横。　　月晶莹，心晶莹。最忆家山风雨声，望君珠泪盈。

其　二

宫饼香，烤鹅香。寒馥清风到柱廊，精庐醉月光。　　尔柔肠，吾柔肠，梓里千程一日航，唯图共举觞。

其　三

东山枫，西山枫。后麓前坡一片红，思乡愁更浓。　　树几丛，竹几丛，岁岁年年人不同，千回望月宫。

清平乐·故里望月

清辉千缕，故里恬如许。烟火万家连广宇，恰似银河小驻。　　尽观都市霓霞，马龙车水喧哗。纵有迷人月色，焉能锦上添花？

行香子·秋兴

家住西庄，庭外莲塘。听凉蝉、品茗南窗。少时举目，无限秋光。正夕烟袅，野鹅叫，紫珠香。　镜前思量，青丝成霜。忆当年、神采飞扬。而今老矣，岂敢彷徨。享山川美，诗坛妙，隽流长。

浣溪沙·守望

乍起秋风落叶纷，难眠长夜惦郎君。扶琴纤指挥愁云。　小宅心思随雅韵，珠帘识意露星辰。经年缱绻怕黄昏。

虞美人·初冬

西风一夜枝头畅，万笺飘衢上，江山千里孟冬臻，又见寒烟袅袅向青云。　凭栏举目萧疏景，尘海何时醒？诗心浑被九春衔，梦在小桥流水俏江南。

苏幕遮·蓝印花布

溯源头，千百载。白布沾青，图案多妍态。帷帐服装提物袋，总总林林，人见皆贪爱。　启申遗，昭世界。挖掘神工，绝技传来代。出口遥邦融路带，枯木逢春，国粹彰华彩。

临江仙·贺刘聪泉先生加盟西泠印社

犹记当年同侣，共窗谋干中宵。诗书印画弄波涛。儒生初现影，才智逸江郊。　梭掷嚣华时岁，君收秋韵春韶。夜阑望月向高标。俊名酬志者，勋业载东皋。

鹧鸪天·《莫高窟的精灵》读后

千载敦煌千载功，冰河铁马记灵宗。黄沙漫漫阳关雪，客舍青青丝路风。　天莽莽，野蒙蒙。震今烁古唱英雄。人非物是嘘生短，总把贞魂代代崇。

满庭芳·名师李庚南

躬履耘耕，五旬八载，默默奉献黉门。誉名长隽，赢业界钦尊。化雨东风浸润，酣笑看、桃李缤纷。霜华染，恋台三尺，矢志上青云。　师魂！才德厚，轻抬慧眼，巧识迷津。雪中送温情，惯拨心灯。谙独花难成景，传帮带，后继芸芸。文思涌，篇篇璇玉，代代印潮痕。

浪淘沙·感秋

征雁向云湾。前路漫漫。凌风寄傲忍饥寒。追梦不言千度苦，恰似人间。　是夜又凭栏。新月弯弯。心香能得几回闲。线上传来金缕曲，如许清欢。

江城子·中秋夜

遥遥银汉卧苍穹，意和融，息相通。一幕星辰，只为玉盘恭。曲赋诗词频咏月，称绝唱，数苏公。　　飞檐翘角纳轻风，桂香浓，藕荷丰。映照霜辉，灯火万家红。天上人间同把盏，邀老兔，饮三盅。

江城子·慈母仙逝三周年祭

悠悠珠泪梦乡涟，小河边，土坟单。满目苍凉，唯见纸云幡。杨柳枝头残月挂，天仰问，母怡安？　　一生淑范世相传，若清泉，似芝兰。众口生碑，自隐不彰宣。有幸堂前环膝绕，情万缕，再生还。

阮郎归·雨水

篱边紫竹几丛丛，沙沙吟晓风。西园月季孕新红，曳摇轻雾中。　　逢喜雨，润无声，燕斜裁半空。人行田陌小河东，一波漂断蓬。

风入松·参观沪通大桥工地

波涛滚滚荡船舷，骇浪恣飞溅。进临砥柱雄雄列，举遥目，直插云烟。又见横梁叠影，端原公铁并肩。　　一桥式廓壮空前，震撼欲呼天。旌旗飘处消天堑，经年间，沧海桑田。应料长虹架就，江东奋翅翩然。

渔家傲·过访叶坪抒怀

芳草青青平野翠，古樟华盖游人憩。点点征鸿翔日际。秋光里，丘陵红壤携丰丽。　　曾记几回怀旧址，著文论赋明丹志。公略亭前思寄意。居盛世，悠闲莫忘扬旗帜。

西江月·白露

新雨润酥北阜，金风吹灿南畴。归鸿排阵亮歌喉，引得闲云舒袖。　　今夜喜迎白露，明朝浮泛轻舟。秋声正紧促霜收，笑采柳塘荷藕。

西江月·濠滨所见

绿树枝间莺啭，清波漾处鸥啾。晨风习习荡兰舟，戏水鸳鸯真逗。　　书苑庭前观舞，茂林叶下寻幽。雁来移步欲回头，却与伊人邂逅。

西江月·乡念

尚记少时休夏，相邀玩伴擒蝉。摸爬滚打度童年，留下乡愁片片。　　今岁归田旋里，几排村墅迎前。桃林侧畔藕塘边，发小垂纶喜见。

西江月·震后

残壁断桥崎路，浮鱼昏鹊惊蝉。灾民度日总如年，忍看家园碎片。　　三载重修拿下，千村新貌空前。田间商场小河边，笑脸张张又见。

西江月·濠上夏夜

柳暗蝉鸣星灿，一濠碧水犹磨，棹舟十里弄清波，且享权时恬惰。　　驻泊怡桥津岸，霓虹映照湘荷。携牵老伴向南坡，月下卿卿我我。

鹧鸪天·题秋山图

萧瑟西风过紫琅，缤纷五色染山冈。溪边石径萧萧冷，岭上霜英暗暗香。　　天地远，水云茫。心儿早已赴诗囊。松间沽得陶家酒，独品秋山落叶黄。

念奴娇·壬寅秋思

依栏望处，茂林秀色染，风摇霞起。霜雁排空归路去，俚曲声声清丽。莲沼千寻，稻畴万顷，墅隐烟篁翠。壬寅秋实，应藏多许砥砺。　　我欲放意吟怀，惊涛骇浪，毕竟东流逝。犹记津门除疫苦，沪上英雄遍地。三伏炎蒸，妖临台海，能不长嗟唏。历经风雨，四时虹彩无际。

后 记

经过一段时间的收集整理，自己近几年来陆续发表在《丁芒文学》上的几十个诗词专集，终于汇编成册，圆了萦绕心中多年的梦想。

这本诗词集，以旅游诗词为主体，兼顾收录了部分退休归田后的随吟感赋。主要描写华夏美景、异国佳观和家乡风物，抒发自己对大好自然、田园山川、风土人情的留恋热爱之情。可谓寄情山水、抒怀咏言。又考虑到自己的网名为“濠南听雨”，书斋名为“听雨轩”，故诗词集取名为“听雨水云间”，力求与诗词内容和写作环境相一致，同时又有飘逸空灵之美。

在本书编辑过程中，得到“中国丁芒文学艺术研究中心”主任高福林先生的鼎力帮助、著名诗评人丁芒弟子邓国琴女士的悉心指导、石渚诗翁吴广才先生的谆谆指教、中国文联出版社王萌老师的精心编排，以及诸多方家诗友的关心支持，在此一并表示诚挚的谢意！

“嘤其鸣矣，求其友声。”由于本人浅识诗词，书中谬误之处在所难免，恭请读者、诗友不吝教正。

陆书通

2024 年 5 月于听雨轩